o,

a

de

es

DATE DUE

201-9500   PRINTED IN U.S.A.

TEXTOS COMPLETOS

ALEJO CARPENTIER

Guerra del tiempo

Alianza Editorial

Diseño de cubierta: Ángel Uriarte

© Herederos de Alejo Carpentier
© Alianza Editorial, S. A. Madrid, 1993, 1995, 1996
Calle J. I. Luca de Tena, 15; 28027 Madrid; teléf. 393 88 88
ISBN: 84-206-4602-4
Depósito legal: B. 10.880-1996
Impreso en Novoprint, S. A.
Printed in Spain

Viaje a la semilla

¿Qué capitán es éste, qué soldado de la guerra del tiempo?

Lope de Vega

I

—¿Qué quieres, viejo?...

Varias veces cayó la pregunta de lo alto de los
andamios. Pero el viejo no respondía. Andaba de
un lugar a otro, fisgoneando, sacándose de la garganta un largo monólogo de frases incomprensi-
bles. Ya habían descendido las tejas, cubriendo los
canteros muertos con su mosaico de barro cocido.
Arriba, los picos desprendían piedras de mampos-
tería, haciéndolas rodar por canales de madera,
con gran revuelo de cales y de yesos. Y por las al-
menas sucesivas que iban desdentando las murallas aparecían —despojados de su secreto— cielos
rasos ovales o cuadrados, cornisas, guirnaldas,
dentículos, astrágalos, y papeles encolados que
colgaban de los testeros como viejas pieles de ser-
piente en muda. Presenciando la demolición, una
Ceres con la nariz rota y el pelo desvaído, veteado
de negro el tocado de mieses, se erguía en el traspa-

tio, sobre su fuente de mascarones borrosos. Visitados por el sol en horas de sombra, los peces grises del estanque bostezaban en agua musgosa y tibia, mirando con el ojo redondo aquellos obreros, negros sobre claro de cielo, que iban rebajando la altura secular de la casa. El viejo se había sentado, con el cayado apuntándole la barba, al pie de la estatua. Miraba el subir y bajar de cubos en que viajaban restos apreciables. Oíanse, en sordina, los rumores de la calle mientras, arriba, las poleas concertaban, sobre ritmos de hierro con piedra, sus gorjeos de aves desagradables y pechugonas.

Dieron las cinco. Las cornisas y entablamentos se despoblaron. Sólo quedaron escaleras de mano, preparando el asalto del día siguiente. El aire se hizo más fresco, aligerado de sudores, blasfemias, chirridos de cuerdas, ejes que pedían alcuzas y palmadas en torsos pringosos. Para la casa mondada el crepúsculo llegaba más pronto. Se vestía de sombras en horas en que su ya caída balaustrada superior solía regalar a las fachadas algún relumbre de sol. La Ceres apretaba los labios. Por primera vez las habitaciones dormirían sin persianas, abiertas sobre un paisaje de escombros.

Contrariando sus apetencias, varios capiteles yacían entre las hierbas. Las hojas de acanto descubrían su condición vegetal. Una enredadera aventuró sus tentáculos hacia la voluta jónica, atraída por un aire de familia. Cuando cayó la noche, la casa estaba más cerca de la tierra. Un marco de puertas se erguía aún, en lo alto, con tablas de sombra suspendidas de sus bisagras desorientadas.

II

Entonces el negro viejo, que no se había movido, hizo gestos extraños, volteando su cayado, sobre un cementerio de baldosas.

Los cuadros de mármol, blancos y negros, volaron a los pisos, vistiendo la tierra. Las piedras, con saltos certeros, fueron a cerrar los boquetes de las murallas. Hojas de nogal claveteadas se encajaron en sus marcos, mientras los tornillos de las charnelas volvían a hundirse en sus hoyos, con rápida rotación. En los canteros muertos, levantadas por el esfuerzo de las flores, las tejas juntaron sus fragmentos, alzando un sonoro torbellino de barro, para caer en lluvia sobre la armadura del techo. La casa creció, traída nuevamente a sus proporciones habituales, pudorosa y vestida. La Ceres fue menos gris. Hubo más peces en la fuente. Y el murmullo del agua llamó begonias olvidadas.

El viejo introdujo una llave en la cerradura de la puerta principal, y comenzó a abrir ventanas. Sus tacones sonaban a hueco. Cuando encendió los velones, un estremecimiento amarillo corrió por el óleo de los retratos de familia, y gentes vestidas de negro murmuraron en todas las galerías, al compás de cucharas movidas en jícaras de chocolate.

Don Marcial, Marqués de Capellanías, yacía en su lecho de muerte, el pecho acorazado de medallas; escoltado por cuatro cirios con largas barbas de cera derretida.

III

Los cirios crecieron lentamente, perdiendo sudores. Cuando recobraron su tamaño, los apagó la monja apartando una lumbre. Las mechas blanquearon, arrojando el pabilo. La casa se vació de visitantes y los carruajes partieron en la noche. Don Marcial pulsó un teclado invisible y abrió los ojos.

Confusas y revueltas, las vigas del techo se iban colocando en su lugar. Los pomos de medicina, las borlas de damasco, el escapulario de la cabecera, los daguerrotipos, las palmas de la reja, salieron de sus nieblas. Cuando el médico movió la cabeza con desconsuelo profesional, el enfermo se sintió mejor. Durmió algunas horas y despertó bajo la mirada negra y cejuda del Padre Anastasio. De franca, detallada, poblada de pecados, la confesión se hizo reticente, penosa, llena de escondrijos. ¿Y qué derecho tenía, en el fondo, aquel carmelita a entrometerse en su vida? Don Marcial se encontró, de pronto, tirado en medio del aposento. Aligerado de un peso en las sienes, se levantó con sorprendente celeridad. La mujer desnuda que se desperezaba sobre el brocado del lecho buscó enaguas y corpiños, llevándose, poco después, sus rumores de seda estrujada y su perfume. Abajo, en el coche cerrado, cubriendo tachuelas del asiento, había un sobre con monedas de oro.

Don Marcial no se sentía bien. Al arreglarse la corbata frente a la luna de la consola se vio congestionado. Bajó al despacho donde lo esperaban hombres de justicia, abogados y escribientes, para disponer la venta pública de la casa. Todo había sido inútil. Sus pertenencias se irían a manos del mejor postor, al compás de martillo golpeando una tabla. Saludó y le dejaron solo. Pensaba en los misterios de la letra escrita, en esas hebras negras que se enlazan y desenlazan sobre anchas hojas afiligranadas de balanzas, enlazando y desenlazando compromisos, juramentos, alianzas, testimonios, declaraciones, apellidos, títulos, fechas, tierras, árboles y piedras; maraña de hilos, sacada del tintero, en que se enredaban las piernas del hombre, vedándole caminos destinados por la Ley; cordón al cuello, que apretaban su sordina al percibir el sonido temible de las palabras en libertad. Su firma lo había traicionado, yendo a complicarse en nudo y enredos de legajos. Atado por ella, el hombre de carne se hacía hombre de papel.

Era el amanecer. El reloj del comedor acababa de dar las seis de la tarde.

IV

Transcurrieron meses de luto, ensombrecidos por un remordimiento cada vez mayor. Al principio, la idea de traer una mujer a aquel aposento se le hacía casi razonable. Pero, poco a poco, las apetencias de un cuerpo nuevo fueron desplazadas por escrúpulos crecientes, que llegaron al flagelo. Cierta noche, Don Marcial se ensangrentó las carnes con una correa, sintiendo luego un deseo mayor, pero de corta duración. Fue entonces cuando la Marquesa volvió, una tarde, de su paseo a las orillas del Almendares. Los caballos de la calesa no traían en las crines más humedad que la del propio sudor. Pero, durante todo el resto del día, dispararon coces a las tablas de la cuadra, irritados, al parecer, por la inmovilidad de nubes bajas.

Al crepúsculo, una tinaja llena de agua se rompió en el baño de la Marquesa. Luego, las lluvias de mayo rebosaron el estanque. Y aquellla negra vieja, con tacha de cimarrona y palomas debajo de la cama, que andaba por el patio murmurando: «¡Desconfía de los ríos, niña; deconfía de lo verde que corre!» No había día en que el agua no revelara su presencia, pero esa presencia acabó por no ser más que una jícara derramada sobre el vestido traído de París, al regreso del baile aniversario dado por el Capitán General de la Colonia.

Reaparecieron muchos parientes. Volvieron muchos amigos. Ya brillaban, muy claras, las arañas del gran salón. Las grietas de la fachada se iban cerrando. El piano regresó al clavicordio. Las palmas perdían anillos. Las enredaderas saltaban la primera cornisa. Blanquearon las ojeras de las Ceres y los capiteles parecieron recién tallados. Más fogoso, Marcial solía pasarse tardes enteras abrazando a la Marquesa. Borrábanse patas de gallina, ceños y papadas, y las carnes tornaban a su dureza. Un día, un olor de pintura fresca llenó la casa.

V

Los rubores eran sinceros. Cada noche se abrían un poco más las hojas de los biombos, las faldas caían en rincones menos alumbrados y eran nuevas barreras de encajes. Al fin la Marquesa sopló las lámparas. Sólo él habló en la obscuridad.

Partieron para el ingenio, en gran tren de calesas —relumbrante de grupas alazanas, bocados de plata y charoles al sol—. Pero, a la sombra de las flores de Pascua que enrojecían el soportal interior de la vivienda, advirtieron que se conocían apenas. Marcial autorizó danzas y tambores de Nación, para distraerse un poco en aquellos días olientes a perfumes de Colonia, baños de benjuí, cabelleras esparcidas, y sábanas sacadas de armarios que, al abrirse, dejaban caer sobre las lozas un mazo de vetiver. El vaho del guarapo giraba en la brisa con el toque de oración. Volando bajo, las auras anunciaban lluvias reticentes, cuyas primeras gotas, anchas y sonoras, eran sorbidas por tejas tan secas que tenían diapasón de cobre. Después de un amanecer alargado por un abrazo deslucido, aliviados de desconciertos y cerrada la herida, ambos regresaron a la ciudad. La Marquesa trocó su vestido de viaje por un traje de novia, y, como era costumbre, los esposos fueron a la iglesia para recobrar su libertad. Se devolvieron presentes a parientes y amigos, y, con revuelo de bronces y alardes de jaeces, cada cual tomó la calle de su morada. Marcial siguió visitando a María de las Mercedes por algún tiempo, hasta el día en que los anillos fueron llevados al taller del orfebre para ser desgrabados. Comenzaba, para Marcial, una vida nueva. En la casa de altas rejas, la Ceres fue sustituida por una Venus italiana, y los mascarones de la fuente adelantaron casi imperceptiblemente el relieve al ver todavía encendidas, pintada ya el alba, las luces de los vellones.

VI

Una noche, después de mucho beber y marearse con tufos de tabaco frío, dejados por sus amigos, Marcial tuvo la sensación extraña de que los relojes de la casa daban las cinco, luego las cuatro y media, luego las cuatro, luego las tres y media...

Era como la percepción remota de otras posibilidades. Como cuando se piensa, en enervamiento de vigilia, que puede andarse sobre el cielo raso con el piso por cielo raso, entre muebles firmemente asentados entre las vigas del techo. Fue una impresión fugaz, que no dejó la menor huella en su espíritu, poco llevado, ahora, a la meditación.

Y hubo un gran sarao, en el salón de música, el día en que alcanzó la minoría de edad. Estaba alegre, al pensar que su firma había dejado de tener un valor legal y que los registros y escribanías con sus polillas, se borraban de su mundo. Llegaba al punto en que los tribunales dejan de ser temibles para quienes tienen una carne desestimada por los códigos. Luego de achisparse con vinos generosos, los jóvenes descolgaron de la pared una guitarra incrustada de nácar, un salterio y un serpentón. Alguien dio cuerda al reloj que tocaba la Tirolesa de las Vacas y la Balada de los Lagos de Escocia. Otro embocó un cuerno de caza que dormía, enroscado en su cobre, sobre los fieltros encarnados de la vitrina, al lado de la flauta travesera traída de Aranjuez. Marcial, que estaba requebrando atrevidamente a la de Campoflorido, se sumó al guirigay, buscando en el teclado, sobre bajos falsos, la melodía del Trípili-Trápala. Y subieron todos al desván, de pronto, recordando que allá, bajo vigas que iban recobrando el repello, se guardaban los trajes y libreas de la Casa de Capellanías. En entrepaños escarchados de alcanfor descansaban los vestidos de corte, un espadín de Embajador, varias guerreras emplastronadas, el manto de un Príncipe de la Iglesia, y largas casacas, con botones de damasco y difuminos de humedad en los pliegues. Matizáronse las penumbras con cintas de amaranto, miriñaques amarillos, túnicas marchitas y flores de terciopleo. Un traje de chispero con redecilla de borlas, nacido en una mascarada de carnaval, levantó aplausos. La de Campoflorido redondeó los hombros empolvados bajo un rebozo de color de carne criolla, que sirviera a cierta abuela, en noche de grandes decisiones familiares, para avivar los amasados fuegos de un rico Síndico de Clarisas.

Disfrazados regresaron los jóvenes al salón de música. Tocado con un tricornio de regidor, Marcial pegó tres bastonazos en el piso, y se dio comienzo a la danza de la valse, que las madres hallaban terriblemente impropio de señoritas, con eso de dejarse enlazar por la cintura, recibiendo manos de hombres sobre las ballenas del corset que todas se habían hecho según el reciente patrón de «El Jardín de las Modas». Las puertas se obscurecieron de fámulas, cuadrerizos, sirvientes, que venían de sus lejanas dependencias y de los entresuelos sofocantes, para admirarse ante fiesta de tanto alboroto. Luego, se jugó a la gallina ciega y al escondite. Marcial, oculto con la de Campoflorido detrás de un biombo chino, le estampó un beso en la nuca, recibiendo en respuesta un pañuelo perfumado, cuyos encajes de Bruselas guardaban suaves tibiezas de escote. Y cuando las muchachas se alejaron en las luces del crepúsculo, hacia las atalayas y torreones que se pintaban en grisnegro sobre el mar, los mozos fueron a la Casa de Baile, donde tan sabrosamente se contoneaban las mulatas de grandes ajorcas, sin perder nunca —así fuera de movida una guaracha— sus zapatillas de alto tacón. Y como se estaba en carnavales, los del Cabildo Arará Tres Ojos levantaban un trueno de tambores tras de la pared medianera, en un patio sembrado de granados. Subidos en mesas y taburetes, Marcial y sus amigos alabaron el garbo de una negra de pasas entrecanas, que volvía a ser hermosa, casi deseable, cuando miraba por sobre el hombro, bailando con altivo mohín de reto.

VII

Las visitas de Don Abundio, notario y albacea de la familia, eran más frecuentes. Se sentaba gravemente a la cabecera de la cama de Marcial, dejando caer al suelo su bastón de ácana para despertarlo antes de tiempo. Al abrirse, los ojos tropezaban con una levita de alpaca, cubierta de caspa, cuyas mangas lustrosas recogían títulos y rentas. Al fin sólo quedó una pensión razonable, calculada para poner coto a toda locura. Fue entonces cuando Marcial quiso ingresar en el Real Seminario de San Carlos.

Después de mediocres exámenes, frecuentó los claustros, comprendiendo cada vez menos las explicaciones de los dómines. El mundo de las ideas se iba despoblando. Lo que había sido, al principio, una ecuménica asamblea de peplos, jubones, golas y pelucas, controversias y ergotantes, cobraba la inmovilidad de un museo de figuras de cera. Marcial se contentaba ahora con una exposición escolástica de los sitemas, aceptando por bueno lo que se dijera en cualquier texto. «León», «Avestruz», «Ballena», «Jaguar», leíase sobre los grabados en cobre de la Historia Natural. Del mismo modo, «Aristóteles», «Santo Tomás», «Bacon», «Descartes», encabezaban páginas negras, en que se catalogaban aburridamente las interpretaciones del universo, al margen de una capitular espesa. Poco a poco, Marcial dejó de estudiar, encontrándose librado de un gran peso. Su mente se hizo alegre y ligera, admitiendo tan sólo un concepto instintivo de las cosas. ¿Para qué pensar en el prisma, cuando la luz clara de invierno daba mayores detalles a las fortalezas del puerto? Una manzana que cae del árbol sólo es incitación para los dientes. Un pie en una bañadera no pasa de ser un pie en una bañadera. El día que abandonó el Seminario, olvidó los libros. El gnomon recobró su categoría de duende: el espectro fue sinónimo de fantasma; el octandro era bicho acorazado, con púas en el lomo.

Varias veces, andando de pronto, inquieto el corazón, había ido a visitar a las mujeres que cuchicheaban, detrás de puertas azules, al pie de las murallas. El recuerdo de la que llevaba zapatillas bordadas y hojas de albahaca en la oreja lo perseguía, en tardes de calor, como un dolor de muelas. Pero, un día, la cólera y las amenazas de un confesor le hicieron llorar de espanto. Cayó por última vez en las sábanas del infierno, renunciando para siempre a sus rodeos por calles poco concurridas, a sus cobardías de última hora que le hacían regresar con rabia a su casa, luego de dejar a sus espaldas cierta acera rajada, señal, cuando andaba con la vista baja, de la media vuelta que debía darse por hollar el umbral de los perfumes.

Ahora vivía su crisis mística, poblada de detentes, corderos pascuales, palomas de porcelana, Vírgenes de manto azul celeste, estrellas de papel dorado, Reyes Magos, ángeles con alas de cisne, el Asno, el Buey, y un terrible San Dionisio que se le aparecía en sueños, con un gran vacío entre los hombros y el andar vacilante de quien busca un objeto perdido. Tropezaba con la cama y Marcial despertaba sobresaltado, echando mano al rosario de cuentas sordas. Las mechas, en sus pocillos de aceite, daban luz triste a imágenes que recobraban su color primero.

VIII

Los muebles crecían. Se hacía más difícil soste-
ner los antebrazos sobre el borde de la mesa del comedor. Los armarios de cornisas labradas ensanchaban el frontis. Alargando el torso, los moros de
la escalera acercaban sus antorchas a los balaus-
tres del rellano. Las butacas eran más hondas y los
sillones de mecedora tenían tendencia a irse para
atrás. No había ya que doblar las piernas al recos-
tarse en el fondo de la bañadera con anillas de
mármol.

Una mañana en que leía un libro licencioso,
Marcial tuvo ganas, súbitamente, de jugar con los
soldados de plomo que dormían en sus cajas de
madera. Volvió a ocultar el tomo bajo la jofaina
del lavabo, y abrió una gaveta sellada por las tela-
rañas. La mesa de estudio era demasiado exigua
para dar cabida a tanta gente. Por ello, Marcial se
sentó en el piso. Dispuso los granaderos por filas
de ocho. Luego, los oficiales a caballo, rodeando al
abanderado. Detrás, los artilleros, con sus caño-
nes, escobillones y botafuegos. Cerrando la marcha, pífanos y timbales, con escolta de redoblantes.
Los morteros estaban dotados de un resorte que
permitía lanzar bolas de vidrio a más de un metro
de distancia.

—¡Pum!... ¡Pum...! ¡Pum!...

Caían caballos, caían abanderados, caían tambores. Hubo de ser llamado tres veces por el negro

Eligio, para decidirse a lavarse las manos y bajar al comedor.

De ese día, Marcial conservó el hábito de sentarse en el enlosado. Cuando percibió las ventajas de esa costumbre, se sorprendió por no haberlo pensado antes. Afectas al terciopelo de los cojines, las personas mayores sudan demasiado. Algunas huelen a notario —como Don Abundio— por no conocer, con el cuerpo echado, la frialdad del mármol en todo tiempo. Sólo desde el suelo pueden abarcarse totalmente los ángulos y perspectivas de una habitación. Hay bellezas de la madera, misteriosos caminos de insectos, rincones de sombra, que se ignoran a altura de hombre. Cuando llovía, Marcial se ocultaba debajo del clavicordio. Cada trueno hacía temblar la caja de resonancia, poniendo todas las notas a cantar. Del cielo caían los rayos para construir aquella bóveda de calderones —órgano, pinar al viento, mandolina de grillos.

IX

Aquella mañana lo encerraron en su cuarto. Oyó murmullos en toda la casa y el almuerzo que le sirvieron fue demasiado suculento para un día de semana. Había seis pasteles de la confitería de la Alameda —cuando sólo dos podían comerse, los domingos, después de misa. Se entretuvo mirando estampas de viaje, hasta que el abejeo creciente, entrando por debajo de las puertas, le hizo mirar entre persianas. Llegaban hombres vestidos de negro, portando una caja con agarraderas de bronce. Tuvo ganas de llorar, pero en ese momento apareció el calesero Melchor, luciendo sonrisa de dientes en lo alto de sus botas sonoras. Comenzaron a jugar al ajedrez. Melchor era caballo. Él era Rey. Tomando las losas del piso por tablero, podía avanzar de una en una, mientras Melchor debía saltar una de frente y dos de lado, o viceversa. El juego se prolongó hasta más allá del crepúsculo, cuando pasaron los Bomberos del Comercio.

Al levantarse, fue a besar la mano de su padre que yacía en su cama de enfermo. El Marqués se sentía mejor, y habló a su hijo con el empaque y los ejemplos usuales. Los «Sí, padre» y los «No, padre», se encajaban entre cuenta y cuenta del rosario de preguntas, como las respuestas del ayudante en una misa. Marcial respetaba al Marqués, pero era por razones que nadie hubiera acertado a suponer. Lo respetaba porque era de elevada estatura y salía, en noches de baile, con el pecho rutilante de condecoraciones; porque le envidiaba el sable y los entorchados de oficial de milicias; porque, en Pascua, había comido un pavo entero, relleno de almendras y pasas, ganando una apuesta; porque, cierta vez, sin duda con el ánimo de azotarla, agarró a una de las mulatas que barrían la rotonda, llevándola en brazos a su habitación. Marcial, oculto detrás de una cortina, la vio salir poco después, llorosa y desabrochada, alegrándose del castigo, pues era la que siempre vaciaba las fuentes de compota devueltas a la alacena.

El padre era un ser terrible y magnánimo al que debía amarse después de Dios. Para Marcial era más Dios que Dios, porque sus dones eran cotidianos y tangibles. Pero prefería el Dios del cielo, porque fastidiaba menos.

X

Cuando los muebles crecieron un poco más y Marcial supo como nadie lo que había debajo de las camas, armarios y vargueños, ocultó a todos un gran secreto: la vida no tenía encanto fuera de la presencia del calesero Melchor. Ni Dios, ni su padre, ni el obispo dorado de las procesiones del Corpus, eran tan importantes como Melchor.

Melchor venía de muy lejos. Era nieto de príncipes vencidos. En su reino había elefantes, hipopótamos, tigres y jirafas. Ahí los hombres no trabajaban, como Don Abundio, en habitaciones obscuras, llenas de legajos. Vivían de ser más astutos que los animales. Uno de ellos sacó el gran cocodrilo del lago azul, ensartándolo con una pica oculta en los cuerpos apretados de doce ocas asadas. Melchor sabía canciones fáciles de aprender, porque las palabras no tenían significado y se repetían mucho. Robaba dulce en las cocinas; se escapaba, de noche, por la puerta de los cuadrerizos, y, cierta vez, había apedreado a los de la guardia civil, desapareciendo luego en las sombras de la calle de la Amargura.

En días de lluvia, sus botas se ponían a secar junto al fogón de la cocina. Marcial hubiese querido tener pies que llenaran tales botas. La derecha se llamaba *Calambín*. La izquierda, *Calambán*. Aquel hombre que dominaba los caballos cerreros con sólo encajarles dos dedos en los belfos; aquel señor de terciopelo y espuelas, que lucía chisteras tan altas, sabía también lo fresco que era un suelo de mármol en verano, y ocultaba debajo de los muebles una fruta o un pastel arrebatados a las bandejas destinadas al Gran Salón. Marcial y Melchor tenían en común un depósito de grageas y almendras, que llamaban el «Urí, urí, urá», con entendidas carcajadas. Ambos habían explorado la casa de arriba abajo, siendo los únicos en saber que existía un pequeño sótano lleno de frascos holandeses, debajo de las cuadras, y que en desván inútil, encima de los cuartos de criadas, doce mariposas polvorientas acababan de perder las alas en caja de cristales rotos.

XI

Cuando Marcial adquirió el hábito de romper cosas, olvidó a Melchor para acercarse a los perros. Había varios en la casa. El atigrado grande; el podenco que arrastraba las tetas; el galgo, demasiado viejo para jugar; el lanudo que los demás perseguían en épocas determinadas, y que las camareras tenían que encerrar.

Marcial prefería a *Canelo* porque sacaba zapatos de las habitaciones y desenterraba los rosales del patio. Siempre negro de carbón o cubierto de tierra roja, devoraba la comida de los demás, chillaba sin motivo y ocultaba huesos robados al pie de la fuente. De vez en cuando, también, vaciaba un huevo acabado de poner, arrojando la gallina al aire con brusco palancazo del hocico. Todos daban de patadas al *Canelo*. Pero Marcial se enfermaba cuando se lo llevaban. Y el perro volvía triunfante, moviendo la cola, después de haber sido abandonado más allá de la Casa de Beneficencia, recobrando un puesto que los demás, con sus habilidades en la caza o desvelos en la guardia, nunca ocuparían.

Canelo y Marcial orinaban juntos. A veces escogían la alfombra persa del salón para dibujar en su lana formas de nubes pardas que se ensanchaban lentamente. Eso costaba castigo de cintarazos. Pero los cintarazos no dolían tanto como creían las personas mayores. Resultaban, en cambio, pretexto admirable para armar concertantes de aullidos, y provocar la compasión de los vecinos. Cuando la bizca del tejado calificaba al padre de «bárbaro», Marcial se ————— ————— ————— con los ojos. Lloraban un poco más, para ganarse un bizcocho, y todo quedaba olvidado. Ambos comían tierra, se revolcaban al sol, bebían en la fuente de los peces, buscaban sombra y perfume al pie de las albahacas. En horas de calor, los canteros húmedos se llenaban de gente. Ahí estaba la gansa gris, con bolsa colgante entre las patas zambas; el gallo viejo del culo pelado; la lagartija que decía «urí, urá», sacándose del cuello una corbata rosada; el triste jubo, nacido en ciudad sin hembras; el ratón que tapiaba su agujero con una semilla de carey. Un día, señalaron el perro a Marcial.

¡Guau, guau! —dijo.

Hablaba su propio idioma. Había logrado la suprema libertad. Ya quería alcanzar, con sus manos, objetos que estaban fuera del alcance de sus manos.

XII

Hambre, sed, calor, dolor, frío. Apenas Marcial redujo su percepción a la de estas realidades esenciales, renunció a la luz que ya le era accesoria. Ignoraba su nombre. Retirado del bautismo, con su sal desagradable, no quiso ya el olfato, ni el oído, ni siquiera la vista. Sus manos rozaban formas placenteras. Era un ser totalmente sensible y táctil. El universo le entraba por todos los poros. Entonces cerró los ojos que sólo divisaban gigantes nebulo-

sos y penetró en un cuerpo caliente, húmedo, lleno
de tinieblas, que moría. El cuerpo, al sentirlo arre-
bozado con su propia sustancia, resbaló hacia la
vida.

Pero ahora el tiempo corrió más pronto, adelga-
zando sus últimas horas. Los minutos sonaban a
glissando de naipes bajo el pulgar de un jugador.

Las aves volvieron al huevo en torbellinos de
plumas. Los peces cuajaron la hueva, dejando una
nevada de escamas en el fondo del estanque. Las
palmas doblaron las pencas, desapareciendo en la
tierra como abanicos cerrados. Los tallos sorbían
sus hojas y el suelo tiraba de todo lo que le pertene-
ciera. El trueno retumbaba en los corredores. Crecían pelos en la gamuza de los guantes. Las mantas
de lana se destejían, redondeando el vellón de carneros distantes. Los armarios, los vargueños, las
camas, los crucifijos, las mesas, las persianas, salieron volando en la noche, buscando sus antiguas
raíces al pie de las selvas. Todo lo que tuviera clavos se desmoronaba. Un bergantín, anclado no se
sabía dónde, llevó presurosamente a Italia los már-
moles del piso y de la fuente. Las panoplias, los he-
rrajes, las llaves, las cazuelas de cobre, los bocados
de las cuadras, se derretían, engrosando un río de
metal que galerías sin techo canalizaban hacia la
tierra. Todo se metamorfoseaba, regresando a la
condición primera. El barro, volvió al barro, dejando un yermo en lugar de la casa.

XIII

Cuando los obreros vinieron con el día para pro-
seguir la demolición, encontraron el trabajo acabado. Alguien se había llevado la estatua de Ceres,
vendida la víspera a un anticuario. Después de que-
jarse al Sindicato, los hombres fueron a sentarse en
los bancos de un parque municipal. Uno recordó
entonces la historia, muy difuminada, de una Marquesa de Capellanías, ahogada, en tarde de mayo,
entre las malangas del Almendares. Pero nadie
prestaba atención al relato, porque el sol viajaba
de oriente a occidente, y las horas que crecen a la
derecha de los relojes deben alargarse por la pere-
za, ya que son las que más seguramente llevan a la
muerte.

Semejante a la noche

> Y caminaba, semejante a
> la noche.
>
> *Ilíada:* Canto I

I

El mar empezaba a verdecer entre los promon-
torios todavía en sombras, cuando la caracola del
vigía anunció las cincuenta naves negras que nos
enviaba el Rey Agamemnón. Al oír la señal, los
que esperaban desde hacía tantos días sobre las bo-
ñigas de las eras, empezaron a bajar el trigo hacia
la playa donde ya preparábamos los rodillos que
servirían para subir las embarcaciones hasta las
murallas de la fortaleza. Cuando las quillas toca-
ron la arena, hubo algunas riñas con los timoneles,
pues tanto se había dicho a los micenianos que ca-
recíamos de toda inteligencia para las faenas marí-
timas, que trataron de alejarnos con sus pértigas.
Además, la playa se había llenado de niños que se
metían entre las piernas de los soldados, entorpe-
cían sus maniobras, y se trepaban a las bordas para
robar nueces de bajo los banquillos de los remeros.
Las olas claras del alba se rompían entre gritos, in-

27

sultos y agarradas a puñetazos, sin que los notables pudieran pronunciar sus palabras de bienvenida, en medio de la baraúnda. Como yo había esperado algo más solemne, más festivo, de nuestro encuentro con los que venían a buscarnos para la guerra, me retiré, algo decepcionado, hacia la higuera en cuya rama gruesa gustaba de montarme, apretando un poco las rodillas sobre la madera, porque tenía un no sé qué de flancos de mujer.

A medida que las naves eran sacadas del agua, al pie de las montañas que ya veían el sol, se iba atenuando en mí la mala impresión primera, debida, sin duda, al desvelo de la noche de espera, y también al haber bebido demasiado, el día anterior, con los jóvenes de tierras adentro, recién llegados a esta costa, que habrían de embarcarse con nosotros, un poco después del próximo amanecer. Al observar las filas de cargadores de jarras, de odres negros, de cestas, que ya se movían hacia las naves, crecía en mí, con un calor de orgullo, la conciencia de la superioridad del guerrero. Aquel aceite, aquel vino resinado, aquel trigo sobre todo, con el cual se cocerían, bajo ceniza, las galletas de las noches en que dormiríamos al amparo de las proas mojadas, en el misterio de alguna ensenada desconocida, camino de la Magna Cita de Naves, aquellos granos que habían sido echados con ayuda de mi pala, eran cargados ahora para mí, sin que yo tuviese que fatigar estos largos músculos que tengo, estos brazos hechos al manejo de la pica de fresno, en tareas buenas para los que sólo sabían de oler la tierra; hombres, porque la miraban por sobre el sudor de sus bestias, aunque vivieran encorvados encima de ella, en el hábito de deshierbar y arrancar y rascar, como los que sobre la tierra pacían. Ellos nunca pasarían bajo aquellas nubes que siempre ensombrecían, en esta hora, los verdes de las lejanas islas de donde traían el silfión de acre perfume. Ellos nunca conocerían la ciudad de anchas calles de los troyanos, que ahora íbamos a cercar, atacar y asolar. Durante días y días nos habían hablado, los mensajeros del Rey de Micenas, de la insolencia de Príamo, de la miseria que amenazaba a nuestro pueblo por la arrogancia de sus súbditos, que hacían mofa de nuestras viriles costumbres; trémulos de ira, supimos de los retos lanzados por los de Ilios a nosotros, acaienos de largas cabelleras, cuya valentía no es igualada por la de pueblo alguno. Y fueron clamores de furia, puños alzados, juramentos hechos con las palmas en alto, escudos arrojados a las paredes, cuando supimos del rapto de Elena de Esparta. A gritos nos contaban los emisarios de su maravillosa belleza, de su porte y de su adorable andar, detallando las crueldades a que era sometida en su abyecto cautiverio, mientras los odres derramaban el vino en los cascos. Aquella misma tarde, cuando la indignación bullía en el pueblo, se nos anunció el despacho de las cicuenta naves. El fuego se encendió entonces en las fundiciones de los bronceros, mientras las viejas traían leña del monte. Y ahora, transcurridos los días, yo contemplaba las embarcaciones alineadas a mis pies, con sus quillas potentes, sus mástiles al descanso entre las bordas como la virilidad entre los muslos del varón, y me sentía un poco dueño de esas maderas que un portentoso ensamblaje, cuyas artes ignoraban los de acá, transformaba en corceles de corrientes, capaces de llevarnos a donde desplegábase en acta de grandezas el máximo acontecimiento de todos los tiempos. Y me tocaría a mí, hijo de talabartero, nieto de un castrador de toros, la suerte de ir al lugar en que nacían las gestas cuyo relumbre nos alcanzaba por los relatos de los marinos; me tocaría a mí, la honra de contemplar las murallas de Troya, de obedecer a los jefes insignes, y de dar mi ímpetu y mi fuerza a la obra del rescate de Elena de Esparta, másculo empeño, suprema victoria de una guerra que nos daría, por siempre, prosperidad, dicha y orgullo. Aspiré hondamente la brisa que bajaba por la ladera de los olivares, y pensé que sería hermoso morir en tan justiciera lucha, por la causa misma de la Razón. La idea de ser traspasado por una lanza enemiga me hizo pensar, sin embargo, en el dolor de mi madre, y en el dolor, más hondo tal vez, de quien tuviera que recibir la noticia con los ojos secos, por ser el jefe de la casa. Bajé lentamente hacia el pueblo, siguiendo la senda de los pastores. Tres cabritos retozaban en el olor del tomillo. En la playa, seguía embarcándose el trigo.

II

Con bordoneos de vihuela y repiques de tejoltas, festejábase, en todas partes, la próxima partida de las naves. Los marinos de *La Gallarda* andaban ya en zarambeques de negras horras, alternando el baile con coplas de sobado, como aquella de la Moza del Retoño, en que las manos tentaba el objeto de la rima dejado en puntos por las voces. Seguía el trasiego del vino, el aceite y el trigo, con ayuda de los criados indios del Veedor, impacientes por regresar a sus lejanas tierras. Camino del puerto, el que iba a ser nuestro capellán arreaba dos bestias que cargaban con los fuelles y flautas de un órgano de palo. Cuando me tropezaba con gente de la armada, era abrazos ruidosos, de muchos aspavientos, con risas y alardes para sacar las mujeres a sus ventanas. Éramos como hombres de distinta raza, forjados para culminar empresas que nunca conocerían el panadero ni el cardador de ovejas, y tampoco el mercader que andaba pregonando camisas de Holanda, ornadas de caireles de monjas, en patios de comadres. En medio de la plaza, con los cobres al sol, los seis trompetas del Adelantado se habían concertado en folías, en tanto que los tambores borgoñeses atronaban los parches, y bramaba, como queriendo morder, un sacabuche con fauces de tarasca.

Mi padre estaba en su tienda oliendo a pellejo y cordobanes, hincando la lezna en una acción con el desgano de quien tiene puesta la mente en espera. Al verme, me tomó en brazos con serena tristeza, recordando tal vez la horrible muerte de Cristobalillo, compañero de mis travesuras juveniles, que había sido traspasado por las flechas de los indios de la Boca del Drago. Pero él sabía que era locura de todos, en aquellos días, embarcar para las Indias, aunque ya dijeran muchos hombres cuerdos que aquello eran engaño común de muchos y remedio particular de pocos. Algo alabó de los bienes de la artesanía, del honor —tan honor como el que se logra en riesgosas empresas— de llevar el estandarte de los talabarteros en la procesión del Corpus; ponderó la olla segura, el arca repleta, la vejez apacible. Pero, habiendo advertido tal vez que la fiesta crecía en la ciudad y que mi ánimo no estaba para cuerdas razones, me llevó suavemente hacia la puerta de la habitación de mi madre. Aquél era el momento que más temía, y tuve que contener mis lágrimas ante el llanto de la que sólo habíamos advertido de mi partida cuando todos me sabían ya asentado en los libros de la Casa de la Contratación. Agradecí las promesas hechas a la Virgen de los Mareantes por mi pronto regreso, prometiendo cuanto quiso que prometiera, en cuanto a no tener comercio deshonesto con las mujeres de aquellas tierras, que el Diablo tenía en desnudez mentidamente edénica para mayor confusión y extravío de cristianos incautos, cuando no maleados por la vista de tanta carne al desgaire.

Luego, sabiendo que era inútil rogar a quien sueña ya con lo que hay detrás de los horizontes, mi madre empezó a preguntarme, con voz dolorida, por la seguridad de las naves y la pericia de los pilotos. Yo exageré la solidez y marinería de *La Gallarda,* afirmando que su práctico era veterano de Indias, compañero de Nuño García. Y, para distraerla de sus dudas, le hablé de los portentos de aquel mundo nuevo, donde la Uña de la Gran Bestia y la Piedra Bezar curaban todos los males, y existía, en tierra de Omeguas, una ciudad toda hecha de oro, que un buen caminador tardaba una noche y dos días en atravesar, a la que llegaríamos, sin duda, a menos de que halláramos nuestra fortuna en comarcas aún ignoradas, cunas de ricos pueblos por sojuzgar. Moviendo suavemente la cabeza, mi madre habló entonces de las mentiras y jactancias de los indianos, de amazonas y antropófagos, de las tormentas de las Bermudas, y de las lanzas enharboladas que dejaban como estatua al que hincaban. Viendo que a discursos de buen augurio ella oponía verdades de mala sombra, le hablé de altos propósitos, haciéndole ver la miseria de tantos pobres idólatras, desconocedores del signo de la cruz. Eran millones de almas, las que ganaríamos a nuestra santa religión, cumpliendo con el mandato de Cristo a los Apóstoles. Éramos soldados de Dios, a la vez que soldados del Rey, y por aquellos indios bautizados y encomendados, librados de sus bárbaras supersticiones por nuestra obra, conocería nuestra nación el premio de una grandeza inquebrantable, que nos daría felicidad, riquezas, y poderío sobre todos los reinos de la Europa. Aplacada por mis palabras, mi madre me colgó un escapulario del cuello y me dio varios ungüentos contra las mordeduras de alimañas ponzoñosas, haciéndome prometer, además, que siempre me pondría, para dormir, unos escarpines de lana que ella misma hubiera tejido. Y como entonces repicaron las campanas de la catedral, fue a buscar el chal bordado que sólo usaba en las grandes oportunidades. Camino del templo, observé que, a pesar de todo, mis padres estaban como acrecidos de orgullo por tener un hijo alistado en la armada del Adelantado. Saludaban mucho y con más demostraciones que de costumbre. Y es que siempre es grato tener un mozo de pelo en pecho, que sale a combatir por una causa grande y justa. Miré hacia el puerto. El trigo seguía entrando en las naves.

III

Yo la llamaba mi prometida, aunque nadie supiera aún de nuestros amores. Cuando vi a su padre cerca de las naves, pensé que estaría sola, y seguí aquel muelle triste, batido por el viento, salpicado de agua verde, abarandado de cadenas y argollas verdecidas por el salitre, que conducía a la última casa de ventanas verdes, siempre cerradas.

Apenas hice sonar la aldaba vestida de verdín, se abrió la puerta y, con una ráfaga de viento que traía garúa de olas, entré en la estancia donde ya ardían las lámparas, a causa de la bruma. Mi prometida se sentó a mi lado, en un hondo butacón de brocado antiguo, y recostó la cabeza sobre mi hombro con tan resignada tristeza que no me atreví a interrogar sus ojos que yo amaba, porque siempre parecían contemplar cosas invisibles con aire asombrado. Ahora, los extraños objetos que llenaban la sala cobraban un significado nuevo para mí. Algo parecía ligarme al astrolabio, la brújula y la Rosa de los Vientos; algo, también, al pez-sierra que colgaba de las vigas del techo, y a las cartas de Mercator y Ortellius que se abrían a los lados de la chimenea, revueltos con mapas celestiales habitados por Osas, Canes y Sagitarios. La voz de mi prometida se alzó sobre el silbido del viento que se colaba por debajo de las puertas, preguntando por el estado de los preparativos. Aliviado por la posibilidad de hablar de algo ajeno a nosotros mismos, le conté de los sulpicianos y recoletos que embarcarían con nosotros, alabando la piedad de los gentileshombres y cultivadores escogidos por quien hubiera tomado posesión de las tierras lejanas en nombre del Rey de Francia. Le dije cuanto sabía del gigantesco río Colbert, todo orlado de árboles centenarios de los que colgaban como musgos plateados, cuyas aguas rojas corrían majestuosamente bajo un cielo blanco de garzas.

Llevábamos víveres para seis meses. El trigo llenaba los sollados de *La Bella* y *La Amable*. Íbamos a cumplir una gran tarea civilizadora en aquellos inmensos territorios selváticos, que se extendían desde el ardiente Golfo de México hasta las regiones de Chicagúa, enseñando nuevas artes a las naciones que en ellos residían. Cuando yo creía a mi prometida más atenta a lo que le narraba, la vi erguirse ante mí con sorprendente energía, afirmando que nada glorioso había en la empresa que estaba haciendo repicar, desde el alba, todas las campanas de la ciudad. La noche anterior, con los ojos ardidos por el llanto, había querido saber algo de ese mundo de allende el mar, hacia el cual marcharía yo ahora, y, tomando los ensayos de Montaigne, en el capítulo que trata de los carruajes, había leído cuanto a América se refería. Así se había enterado de la perfidia de los españoles, de cómo, con el caballo y las lombardas, se habían hecho pasar por dioses. Encendida de virginal indignación, mi prometida me señalaba el párrafo en que el bordelés escéptico afirmaba que «nos habíamos valido de la ignorancia e inexperiencia de los indios, para atraerlos a la traición, lujuria, avaricia y crueldades, propias de nuestras costumbres». Cegada por tan pérfida lectura, la joven que piadosamente lucía una cruz de oro en el escote, aprobaba a quien impíamente afirmara que los salvajes del Nuevo Mundo no tenían por qué trocar su religión por la nuestra, puesto que se habían servido muy útilmente de la suya durante largo tiempo. Yo comprendía que, en esos errores, no debía ver más que el despecho de la doncella enamorada, dotada de muy ciertos encantos, ante el hombre que le impone una larga espera, sin otro motivo que la azarosa pretensión de hacer rápida fortuna en una empresa muy pregonada. Pero, aun comprendiendo esa verdad, me sentía profundamente herido por el desdén a mi valentía, la falta de consideración por una aventura que daría relumbre a mi apellido, lográndose, tal vez, que la noticia de alguna hazaña mía, la pacificación de alguna comarca, me valiera algún título otorgado por el Rey aunque para ello hubieran de perecer, por mi mano, algunos indios más o menos. Nada grande se hacía sin lucha, y en cuanto a nuestra santa fe, la letra con sangre entraba. Pero ahora eran celos los que se traslucían en el feo cuadro que ella me trazaba de la isla de Santo Domingo, en la que haríamos escala, y que mi prometida, con expresiones adorablemente impropias, calificaba de «paraíso de mujeres malditas». Era evidente que, a pesar de su pureza, sabía de qué clase eran las mujeres que solían embarcar para el Cabo Francés, en muelle cercano, bajo la vigilancia de los corchetes, entre risotadas y palabrotas de los marineros; alguien —una criada tal vez— podía haberle dicho que la salud del hombre no se aviene con ciertas abstinencias y vislumbraba, en un misterioso mundo de desnudeces edénicas, de calores enervantes, peligros mayores que los ofrecidos por inundaciones, tormentas, y mordeduras de los dragones de agua que pululan en los ríos de América. Al fin empecé a irritarme ante una terca discusión que venía a sustituirse, en tales momentos, a la tierna despedida que yo hubiera apetecido. Comencé a renegar de la pusilanimidad de las mujeres, de su incapacidad de heroísmo, de sus filosofías de pañales y costureros, cuando sonaron fuertes aldabonazos, anunciando el intempestivo regreso del padre. Salté por una ventana trasera sin que nadie, en el mercado, se percatara de mi escapada, pues los transeúntes, los pescadores, los borrachos —ya numerosos en esta hora de la tarde— se habían aglomerado en torno a una mesa sobre la que a gritos hablaba alguien que en el instante tomé por un pregonero del Elixir de Orvieto, pero que resultó ser un ermitaño que clamaba por la liberación de los Santos Lugares. Me encogí de hombros y seguí mi camino. Tiempo atrás había estado a punto de alistarme en la cruzada predicada por Fulco de Neuilly. En buena hora una fiebre maligna —curada, gracias a Dios y a los ungüentos de mi santa madre— me tuvo en cama, tiritando, el día de la partida: aquella empresa había terminado, como todos saben, en guerra de cristianos contra cristianos. Las cruzadas estaban desacreditadas. Además, yo tenía otras cosas en qué pensar.

El viento se había aplacado. Todavía enojado por la tonta disputa con mi prometida, me fui hacia el puerto, para ver los navíos. Estaban todos arrimados a los muelles, lado a lado, con las escotillas abiertas, recibiendo millares de sacos de harina de trigo entre sus bordas pintadas de arlequín. Los regimientos de infantería subían lentamente por las pasarelas, en medio de los gritos de los estibadores, los silbatos de los contramaestres, las señales que rasgaban la bruma, promoviendo rotaciones de grúas. Sobre las cubiertas se amontonaban trastos informes, mecánicas amenazadoras, envueltas en telas impermeables. Un ala de aluminio giraba lentamente, a veces, por encima de una borda, antes de hundirse en la obscuridad de un sollado. Los caballos de los generales, colgados de cinchas, viajaban por sobre los techos de los almacenes, como corceles wagnerianos. Yo contemplaba los últimos preparativos desde lo alto de una pasarela de hierro, cuando, de pronto, tuve la angustiosa sensación de que faltaban pocas horas —apenas trece— para que yo también tuviese que acercarme a aquellos buques, cargando con mis armas. Entonces pensé en la mujer; en los días de abstinencia que me esperaban; en la tristeza de morir sin haber dado mi placer, una vez más, al calor de otro cuerpo. Impaciente por llegar, enojado aún por no haber recibido un beso, siquiera, de mi prometida, me encaminé a grandes pasos hacia el hotel de las bailarinas. Christopher, muy borracho, se había encerrado ya con la suya. Mi amiga se me abrazó riendo y llorando, afirmando que estaba orgullosa de mí, que lucía más guapo con el unifor-me, y que una cartomántica le había asegurado que nada me ocurriría en el Gran Desembarco. Va-rias veces me llamó *héroe,* como si tuviese una con-ciencia del duro contraste que este halago estable-cía con las frases injustas de mi prometida. Salí a la azotea. Las luces se encendían ya en la ciudad, pre-cisando en puntos luminosos la gigantesca geome-tría de los edificios. Abajo, en las calles, era un confuso hormigueo de cabezas y sombreros.

No era posible, desde este alto piso, distinguir a las mujeres de los hombres en la neblina del atar-decer. Y era, sin embargo, por la permanencia de ese pulular de seres desconocidos, que me encami-naría hacia las naves, poco después del alba. Yo surcaría el Océano tempestuoso de estos mares, arribaría a una orilla lejana bajo el acero y el fue-go, para defender los Principios de los de mi raza. Por última vez, una espada había sido arrojada so-bre los mapas de Occidente. Pero ahora acabaría-mos para siempre con la nueva Orden Teutónica, y entraríamos, victoriosos, en el tan esperado futuro del hombre reconciliado con el hombre. Mi amiga puso una mano trémula en mi cabeza, adivinando, tal vez, la magnanimidad de mi pensamiento. Esta-ba desnuda bajo los vuelos de su peinador entrea-bierto.

Cuando regresé a mi casa, con los pasos inseguros de quien ha pretendido burlar con el vino la fatiga del cuerpo ahíto de holgarse sobre otro cuerpo, faltaban pocas horas para el alba. Tenía hambre y sueño, y estaba desasosegado, al propio tiempo, por las angustias de la partida próxima. Dispuse mis armas y correajes sobre un escabel y me dejé caer en el lecho. Noté entonces, con sobresalto, que alguien estaba acostado bajo la gruesa manta de lana, y ya iba a echar mano al cuchillo cuando me vi preso entre brazos encendidos de fiebre, que buscaban mi cuello como brazos de náufrago, mientras unas piernas indeciblemente suaves se trepaban a las mías. Mudo de asombro quedé al ver que la que de tal manera se había deslizado en el lecho era mi prometida. Entre sollozos me contó su fuga nocturna, la carrera temerosa de ladridos, el paso furtivo por la huerta de mi padre, hasta alcanzar la ventana, y las impaciencias y los miedos de la espera. Después de la tonta disputa de la tarde, había pensado en los peligros y sufrimientos que me aguardaban, sintiendo esa impotencia de enderezar el destino azaroso del guerrero que se traduce, en tantas mujeres, por la entrega de sí mismas, como si ese sacrificio de la virginidad, tan guardada y custodiada, en el momento mismo de la partida, sin esperanzas de placer, dando el desgarre propio para el goce ajeno, tuviese un propiciatorio poder de ablación ritual. El contacto de un cuerpo puro, jamás palpado por manos de amante, tiene un frescor único y peculiar dentro de sus crispaciones, una torpeza que sin embargo acierta, un candor que intuye, se amolda y encuentra, por obscuro mandato, las actitudes que más estrechamente machiembran los miembros. Bajo el abrazo de mi prometida, cuyo tímido vellón parecía endurecerse sobre uno de mis muslos, crecía mi enojo por haber extenuado mi carne en trabazones de harto tiempo conocidas, con la absurda pretensión de hallar la quietud de días futuros en los excesos presentes. Y ahora que se me ofrecía el más codiciable consentimiento, me hallaba casi insensible bajo el cuerpo estremecido que se impacientaba. No diré que mi juventud no fuera capaz de enardecerse una vez más aquella noche, ante la incitación de tan deleitosa novedad. Pero la idea de que era una virgen la que así se me entregaba, y que la carne intacta y cerrada exigiría un lento y sostenido empeño por mi parte, se me impuso con el temor al acto fallido. Eché a mi prometida a un lado, besándola dulcemente en los hombros, y empecé a hablarle, con sinceridad en falsete, de lo inhábil que sería malograr júbilos nupciales en la premura de una partida; de su vergüenza al resultar empreñada; de la tristeza de los niños que crecen sin un padre que les enseñe a sacar la miel verde de los troncos huecos, y a buscar pulpos debajo de las piedras. Ella me escuchaba, con sus grandes ojos claros encendidos en la noche, y yo advertía que, irritada por un despecho sacado de los trasmundos del instinto, despreciaba al varón que, en semejante oportunidad, invocara la razón y la cordura, en vez de roturarla, y dejarla sobre el lecho, sangrante como un trofeo de caza, de pechos mordidos, sucia de zumos, pero hecha mujer en la derrota. En aquel momento bramaron las reses que iban a ser sacrificadas en la playa y sonaron las caracolas de los vigías. Mi prometida, con el desprecio pintado en el rostro, se levantó bruscamente, sin dejarse tocar, ocultando ahora, menos con gesto de pudor que con ademán de quien recupera algo que estuviera a punto de malbaratar, lo que de súbito estaba encendiendo mi codicia. Antes de que pudiera alcanzarla, saltó por la ventana. La vi alejarse a todo correr por entre los olivos, y comprendí en aquel instante que más fácil me sería entrar sin un rasguño en la ciudad de Troya, que recuperar a la Persona perdida.

Cuando bajé hacia las naves, acompañado de mis padres, mi orgullo de guerrero había sido desplazado en mi ánimo por una intolerable sensación de hastío, de vacío interior, de descontento de mí mismo. Y cuando los timoneles hubieron alejado las naves de la playa con sus fuertes pértigas, y se enderezaron los mástiles entre las filas de remeros, supe que habían terminado las horas de alarde, de excesos, de regalos, que preceden las partidas de soldados hacia los campos de batalla. Había pasado el tiempo de las guirnaldas, las coronas de laurel, el vino en cada casa, la envidia de los canijos, y el favor de las mujeres. Ahora, serían las dianas, el lodo, el pan llovido, la arrogancia de los jefes, la sangre derramada por error, la gangrena que huele a almíbares infectos. No estaba tan seguro ya de que mi valor acrecería la grandeza y la dicha de los acaienos de largas cabelleras. Un soldado viejo que iba a la guerra por oficio, sin más entusiasmo que el trasquilador de ovejas que camina hacia el establo, andaba contando ya, a quien quisiera escucharlo, que Elena de Esparta vivía muy gustosa en Troya, y que cuando se refocilaba en el lecho de Paris sus estertores de gozo encendían las mejillas de las vírgenes que moraban en el palacio de Príamo. Se decía que toda la historia del doloroso cautiverio de la hija de Leda, ofendida y humillada por los troyanos, era mera propaganda de guerra, alentada por Agamemnón, con el asentimiento de Menelao. En realidad, detrás de la empresa que se escudaba con tan elevados propósitos, había muchos negocios que en nada beneficiarían a los combatientes de poco más o menos. Se trataba sobre todo —afirmaba el viejo soldado— de vender más alfarería, más telas, más vasos con escenas de carreras de carros, y de abrirse nuevos caminos hacia las gentes asiáticas, amantes de trueques, acabándose de una vez con la competencia troyana. La nave, demasiado cargada de harina y de hombres, bogaba despacio. Contemplé largamente las casas de mi pueblo, a las que el sol daba de frente. Tenía ganas de llorar. Me quité el casco y oculté mis ojos tras de las crines enhiestas de la cimera que tanto trabajo me hubiera costado redondear —a semejanza de las cimeras magníficas de quienes podían encargar sus equipos de guerra a los artesanos de gran estilo, y que, por cierto, viajaban en la nave más velera y de mayor eslora.

El Camino de Santiago

I

Con dos tambores andaba Juan a lo largo del Escalda —el suyo, terciado en la cadera izquierda; al hombro, el ganado a las cartas—, cuando le llamó la atención una nave, recién arrimada a la orilla, que acababa de atar gúmenas a las bitas. Como la llovizna de aquel atardecer le repicaba quedo en el parche mal abrigado por el ala del sombrero, todo había de parecerle un tanto aneblado, aneblado como lo estaba ya por el arguardiente y la cerveza del vivandero amigo, cuyo carro humeaba por todos los hornillos, un poco más abajo, cerca de la iglesia luterana que habían transformado en caballerizas. Sin embargo, aquel barco traía una tal tristeza entre las bordas, que la bruma de los canales parecía salirle de adentro, como un aliento de mala suerte. Las velas le estaban remendadas con lonas viejas, de colores mohosos; tenía pelos en los cordajes, musgos en las vergas, y de los flancos sin carenar le colgaban andrajos de algas muertas. Un caracos, aquí, allá, pintaba una estrella, una rosa gris, una moneda de yeso, en aquella vegetación de otros mares, que acababa de podrirse, en pardo y verdinegro, al conocer la frialdad de aguas dormidas entre paredes obscuras. Los marinos parecían extenuados, de pómulos hundidos, ojerosos, desdentados, como gente que hubiera sufrido el mal de escorbuto. Acababan de soltar los cabos de una faluca que les había arrastrado hasta el muelle, con gestos que no expresaban, siquiera, el contento de ver encenderse las luces de las tabernas. La nave y los hombres parecían envueltos en un mismo remordimiento, como si hubiesen blasfemado el Santo Nombre en alguna tempestad, y los que ahora estaban enrollando cuerdas y plegando el trapío, lo hacían con el desgano de condenados, a no poner más el pie en tierra. Pero, de pronto, abrióse una escotilla, y fue como si el sol iluminara el crepúsculo de Amberes. Sacados de las penumbras de un sollado, aparecieron naranjos enanos, todos encendidos de frutas, plantados en medios toneles que empezaron a formar una olorosa avenida en la cubierta. Ante la salida de aquellos árboles vestidos de suntuosas cáscaras quedó la tarde transfigurada, y un olor a zumos, a pimienta, a canela, hizo que Juan, atónito, pusiera en el suelo el tambor cargado en el hombro, para sentarse a horcajadas sobre él. Era cierto, pues, lo de los amores del Duque con lo que decían de los suntua-

47

rios caprichosos de su dueña, ganosa siempre de los presentes que sólo un Alba, por mero antojo, podía hacer traer de las Islas de las Especias, de los Reinos de Indias o del Sultanato de Ormuz. Aquellos naranjos, tan pequeños y cargados, habían sido criados, sin duda, en alguna huerta de moros bautizados —que nadie los aventajaba en eso de hacer portentos con las matas—, antes de desafiar tormentas y bajeles enemigos, para venir a adornar alguna galería de espejos, en el palacio de la que arrebolaba su cutis de flamenca con los más finos polvos de coral del Levante. Y es que cuando ciertas mujeres se daban a pedir, en aquellos días de tantas navegaciones y novedades no les bastaban ya los afeites que durante siglos se tuvieran por buenos, sino que pedían invenciones de Dinamarca, bálsamos de Moscovia y esencia de flores nuevas; si se trataba de aves, querían el papagayo indiano que dice insolencias, y en cuanto a perros, no se contentaban ya con el gozque cariñoso, sino que reclamaban falderos con traza de grifos, o animales con bastante lana para trasquilarlos de modo que tuvieran una melena berberisca donde prender lazos de color. Así, cuando el aguardiente del vivandero zamorano se subía a la cabeza de los soldados, había siempre quien se soltara la lengua, afirmando que si el Duque permanecía tanto tiempo en Amberes, con unos cuarteles de invierno que ya pasaban de cuarteles de primavera, era porque no acababa de resolverse a dejar de escuchar una voz que sonaba, sobre el mástil del laúd, como sonarían las voces de las sirenas, mentadas por los antiguos. «¿Sirenas?», había gritado poco antes la moza fregona, gran trasegadora de aguardiente, que venía zapateando desde Nápoles, tras de la tropa. «¿Sirenas? ¡Digan mejor que más tiran dos tetas que dos carretas!» Juan no había oído el resto, en el revuelo de soldados que se apartaban del carro del vivandero sin pagar lo comido ni bebido, por temor a que algún criado del Duque anduviese por allí y denunciara la ocurrencia. Pero ahora, ante esos naranjos que eran llevados a tierra, bajo la custodia de un alférez recién llegado, le volvían las palabras de la moza, subrayadas por un espeso trazo de evidencia. Ya venían a cargar los árboles enanos unos carros entoldados que eran de la intendencia. Ahuecado el estómago por el repentino deseo de comer una olleta de panzas o roer una uña de vaca, Juan volvió a montarse en el hombro el tambor ganado a los naipes. En aquel momento observó que por el puente de una gúmena bajaba a tierra una enorme rata, de rabo pelado, como achichonada y cubierta de pústulas. El soldado agarró una piedra con la mano que le quedaba libre, meciéndola para hallar el tino. La rata se había detenido al llegar al muelle, como forastero que al desembarcar en una ciudad desconocida se pregunta dónde están las casas. Al sentir el rebote de un guijarro que ahora le pasaba sobre el lomo para irse al agua del canal, la rata echó a correr hacia la casa de los predicadores quemados, donde se tenía el almacén del forraje. Sin pensar más en esto, Juan regresó hacia el carro del vivandero zamorano. Allí, por amoscar a la fregona, los soldados de la compañía coreaban unas coplas que ponían a las de su pueblo de virgos cosidos, pegadoras de cuernos y alcahuetas. Pero, en eso pasaron los carros cargados de naranjos enanos, y hubo un repentino silencio, roto tan sólo por un gruñido de la moza, y el relincho de un garañón que sonó en la nave de los luteranos como la misma risa de Belcebú.

II

Creyóse, en un comienzo, que el mal era de bubas, lo cual no era raro en gente venida de Italia. Pero, cuando aparecieron fiebres que no eran terciarias, y cinco soldados de la compañía se fueron en vómitos de sangre, Juan empezó a tener miedo. A todas horas se palpaba los ganglios donde suele hincharse el humor del mal francés, esperando encontrárselo como rosario de nueces. Y a pesar de que el cirujano se mostraba dudoso en cuanto a pronunciar el nombre de una enfermedad que no se veía en Flandes desde hacía mucho tiempo a causa de la humedad del aire, sus andanzas por el reino de Nápoles le hacían columbrar que aquello era peste, y de las peores. Pronto supo que todos los marineros del barco de los naranjos enanos yacían en sus camastros, maldiciendo la hora en que hubieran respirado los aires de Las Palmas, donde el mal, traído por cautivos rescatados de Argel, derribaba las gentes en las calles, como fulminadas por el rayo. Y como si el temor al azote fuese poco, la parte de la ciudad donde se alojaba la compañía se había llenado de ratas. Juan recordaba, como alimaña de mal agüero, aquella rata hedionda y rabipelada, a la que había fallado por un palmo, en la pedrada, y que debía ser algo así como el abanderado, el pastor hereje, de la horda que corría por los patios, se colaba en los almacenes, y acababa con todos los quesos de aquella orilla. El aposentador del soldado, pescadero con trazas de luterano, se desesperaba cada mañana al encontrar sus arenques medio comidos, alguna raya con la cola de menos y la lamprea en el hueso, cuando un bicho inmundo no estaba ahogado, de panza arriba, en el vivero de las anguilas. Había que ser cangrejo o almeja, para resistir al hambre asiática de aquellas ratas llagadas y purulentas, venidas de sabe Dios qué Isla de las Especias, que roían hasta el correaje de las corazas y el cuero de las monturas, y hasta profanaban las hostias sin consagrar del capellán de la compañía. Cuando un aire frío, bajado de los pastos anegados, hacía tiritar al soldado en el desván bajo pizarra que tenía por alojamiento, se dejaba caer en su catre, gimoteando que ya se le abrasaba el pecho y le dolían las bubas, y que la muerte sería buen castigo por haber dejado la enseñanza de los cantos que se destinan a la gloria de Nuestro Señor, para meterse a tambor de tropa, que eso no era arte de cantar motetes, ni ciencia del Cuadrivio, sino música de zambombas, pandorgas y castrapuercos, como la tocaban, en cualquier alegría de Corpus, los mozos de su pueblo. Pero, con un parche y un par de vaquetas se podía correr el mundo, del Reino de Nápoles al de Flandes, marcando el compás de la marcha, junto al trompeta y al pífano de boj. Y como Juan no se sentía con alma de clérigo ni de chantre, había trocado el probable honor de llegar a ingresar, algún día, en la clase del maestro Ciruelo, en Alcalá, por seguir al primer capitán de leva que le pusiera tres reales de a ocho en la mano, prometiéndole gran regocijo de mujeres, vinos y naipes, en la profesión militar. Ahora que había visto mundo, comprendía la vanidad de las apetencias que tantas lágrimas costaron a su santa madre. De nada le había servido repicar la carga en el fuego de tres batallas, desafiando el trueno de las lombardas, si la muerte estaba aquí, en este desván cuyos ventanales de cristales verdes se teñían tan tristemente con los fulgores de las antorchas de la ronda, al son de aquel tambor pelado, tan mal tocado por esos flamencos de sangre de lúpulo que nunca daban cabalmente con el compás. La verdad era que Juan había gimoteado todo aquello del pecho abrasado y de las bubas hinchadas, para que Dios, compadecido de quien se creía enfermo, no le mandara cabalmente la enfermedad. Pero, de súbito, un horrible frío se le metía en el cuerpo. Sin quitarse las botas, se acostó en el catre, echándose una manta encima, y encima de la manta un edredón. Pero no era una manta, ni un edredón, sino todas las mantas de la compañía, todos los edredones de Amberes, los que le hubiesen sido necesarios, en aquel momento, para que su cuerpo destemplado hallara el calor que el Rey Salomón viejo tratara de encontrar en el cuerpo de una doncella. Al verlo temblar de tal suerte, el pescadero, llamado por los gemidos, había retrocedido con espanto, bajando las escaleras llenas de ratas, a los gritos de que el mal estaba en la casa, y que esto era castigo de católicos por tanta simonía y negocios de bulas. Entre humos vio Juan el rostro del cirujano que le tentaba las ingles, por debajo del cinturón desceñido, y luego fue, de repente, en un extraño redoble de cajas —muy picado, y sin embargo tenido en sordina— la llegada portentosa del Duque de Alba.

Venía solo, sin séquito, vestido de negro, con la gola tan apretada al cuello, adelantándola la barba entrecana, que su cabeza hubiera podido ser tomada por cabeza de degollado, llevada de presente en fuente de mármol blanco. Juan hizo un tremendo esfuerzo por levantarse de la cama, parándose como correspondía a un soldado, pero el visitante saltó por sobre el edredón que lo cubría, yendo a sentarse del otro lado, sobre un taburete de esparto, donde había varios frascos de barro. Los frascos no cayeron ni se rompieron, aunque un olor a ginebra se esparciera por el cuarto, como un sahumerio de sinagoga. Afuera sonaban confusas trompetas, revueltas en gran desconcierto, desafinadas, como tiritándolas las notas, en el mismo frío que tenía tableteando los dientes del enfermo. El Duque de Alba, sin desarrugar un ceño de quemar luteranos, sacó tres naranjas que le abultaban bajo el entallado del jubón, y empezó a jugar con ellas, a la manera de los titiriteros, pasándoselas de mano a mano, por encima del peinado a la romana, con sorprendente presteza. Juan quiso hacer algún elogio de su pericia en artes que se le desconocían, llamándolo, de paso, León de España, Hércules de Italia y Azote de Francia, pero no le salían las palabras de la boca. De pronto una violenta lluvia tamborileó en las pizarras del techo. La ventana que daba a la calle se abrió al empuje de una ráfaga, apagándose el candil. Y Juan vio salir al Duque de Alba en el viento, tan espigado de cuerpo que se le culebreó como cinta de raso al orillar el dintel, seguido de las naranjas que ahora tenían embudos por sombreros, y se sacaban una patas de ranas de los pellejos, riendo por las arrugas de sus cáscaras. Por el desván pasaba volando, de patio a calle, montada en el mástil de un laúd, una señora de pechos sacados del escote, con la basquiña levantada y las nalgas desnudas bajo los alambres del guardainfantes. Una ráfaga que hizo temblar la casa acabó de llevarse a la horrorosa gente, y Juan, medio desmayado de terror buscando aire puro en la ventana, advirtió que el cielo estaba despejado y sereno. La Vía Láctea, por vez primera desde el pasado estío, blanqueaba el firmamento.

—¡El Camino de Santiago! —gimió el soldado, cayendo de rodillas ante su espada, clavada en el tablero del piso, cuya empuñadura dibujaba el signo de la cruz.

III

Por caminos de Francia va el romero, con las manos flacas asidas del borbón, luciendo la esclavina santificada por hermosas conchas cosidas al cuero, y la calabaza que sólo carga agua de arroyos. Empieza a colgarle la barba entre las alas caídas del sombrero peregrino, y ya se le desfleca la estameña del hábito sobre la piadosa miseria de sandalias que pisaron el suelo de París sin hollar baldosas de taberna, ni apartarse de la recta vía de Santiago, como no fuera para admirar de lejos la santa casa de los monjes clunicenses. Duerme Juan donde le sorprende la noche, convidado a más de una casa por la devoción de las buenas gentes, aunque cuando sabe de un convento cercano, apura un poco el paso, para llegar al toque del Ángeles, y pedir albergue al lego que asoma la cara al rastrillo. Luego de dar a besar la venera, se acoge al amparo de los arcos de la hospedería, donde sus huesos, atribulados por la enfermedad y las lluvias tempranas que le azotaron el lomo desde Flandes hasta el Sena, sólo hallan el descanso de duros bancos de piedra. Al día siguiente parte con el alba, impaciente por llegar, al menos, al Paso de Roncesvalles, desde donde le parece que el cuerpo le estará menos quebrantado, por hallarse en tierra de gente de su misma. En Tours se le juntan dos romeros de Alemania, con los que habla por señas. En el Hospital de San Hilario de Poitiers se encuentra con veinte romeros más, y es ya una partida la que prosigue la marcha hacia las Landas, dejando atrás el rastrojo del trigo, para encontrar la madurez de las vides. Aquí todavía es verano, aunque se cumplen faenas de otoño. El sol demora sobre las copas de los pinos, que se van apretando cada vez más, y entre alguna uva agarrada al paso, y los descansos de mediodía que se hacen cada vez más largos, por lo oloroso de las hierbas y el frescor de las sombras, los romeros se dan a cantar. Los franceses, en sus coplas, hablan de las buenas cosas a que renunciaron por cumplir sus votos a Saint Jacques; los alemanes garraspean unos latines tudescos, que apenas si dejan en claro el *Herru Sanctiagu! Got Sanctiagu!* En cuanto a los de Flandes, más concertados, entonan un himno que ya Juan adorna de contracantos de su invención: «¡Soldado de Cristo, con santas plegarias, a todos defiendes, de suertes contrarias!»

Y así caminando despacio, llevando fila de más

de ochenta peregrinos, se llega a Bayona, donde hay buen hospital para espulgarse, poner correas nuevas a las sandalias, sacarse los piojos entre hermanos, y solicitar algún remedio para los ojos que muchos, a causa del polvo del camino, traen legañosos y dañados. Los patios del edificio son hervideros de miserias, con gente que se rasca las sarnas, muestra los muñones, y se limpia las llagas con el agua del aljibe. Hay quien carga lamparones que no sanaron ni con el tocamiento del Rey de Francia, y otro que jinetea un banco para descansar del estorbo de partes tan hinchadas, que parecen las verijas del gigante Adamastor. Juan el Romero es de los pocos que no solicitan remedios. El sudor que tanto le ha pringado el sayal cuando se andaba al sol entre viñas, le alivió el cuerpo de malos humores. Luego, agradecieron sus pulmones de bálsamo de los pinos, y ciertas brisas que, a veces, traían el olor del mar. Y cuando se da el primer baño, con baldes sacados del pozo santificado por la sed de tantos peregrinos, se siente tan entonado y alegre, que va a despacharse un jarro de vino a orillas del Adur, confiando en que hay dispensa para quien corre el peligro de resfriarse luego de haberse mojado la cabeza y los brazos por primera vez en varias semanas. Cuando regresa al hospital no es agua clara lo que carga su calabaza, sino tintazo del fuerte, y para beberlo despacio se adosa a un pilar del atrio. En el cielo se pinta siempre el Camino de Santiago. Pero Juan, con el vino aligerándole el alma, no ve ya el Campo Estrellado como la noche en que la peste se le acercara con un tremebundo aviso de castigo por sus muchos pecados. A tiempo había hecho la promesa de ir a besar la cadena con que el Apóstol Mayor fuese aprisionado en Jerusalem. Pero ahora, descansado, algo bañado, con piojos de menos y copas de más, empieza a pensar si aquella visión diabólica no sería obra de la fiebre. El gemido de un anciano con media cara comida por un tumor, que yace a su lado, le recuerda al punto que los votos son votos, y metiendo la cabeza en el rebozo de la esclavina, se regocija pensando que llegará con el cuerpo sano, donde otros prosternarán sus llagas y costras, luego de pasarlas, inseguros aún del divino remiendo, bajo el arco de la Puerta Francina. La salud recobrada le hace recordar, gratamente, aquellas mozas de Amberes, de carnes abundosas, que gustaban de los flacos españoles, peludos como chivos, y se los sentaban en el ancho regazo, antes del trato, para zafarles las corazas con brazos tan blancos que parecían de pasta de almendras. Ahora sólo vino llevará el romero en la calabaza que cuelga de los clavos de su bordón.

IV

El camino de Francia arroja al romero, de pronto, en el alboroto de una feria que le sale al paso, entrando en Burgos. El ánimo de ir rectamente a la catedral se le ablanda al sentir el humo de las frutas de sartén, el olor de las carnes en parrilla, los mondongos con perejil, el ajimójele, que le invita a probar, dadivosa, una anciana desdentada, cuyo tenducho se arrima a una puerta monumental, flanqueada por torres macizas. Luego del guiso, hay el vino de los odres cargados en borricos, más barato que el de las tabernas. Y luego es el dejarse arrastrar por el remolino de los que miran, yendo del gigante al volatinero, del que vende aleluyas en pliego suelto, al que muestra, en cuadros de muchos colores, el suceso tremendo de la mujer preñada del Diablo, que parió una manada de lechones en Alhucemas. Allí promete uno sacar las muelas sin dolor, dando un paño encarnado al paciente para que no se le vea correr la sangre, con ayudante que golpea la tambora con mazo, para que no se le oigan los gritos; allá se ofrecen jabones de Bolonia, unto para los sabañones, raíces de buen alivio, sangre de dragón. Y es el estrépito de siempre, con la fritura de los buñuelos, y el desafinado de las chirimías, con algún perro de jubón y gorro, que viene a pedir limosna para el pobre tullido, caminando en las patas traseras, como cristiano. Cansado de verse zarandeado, Juan el Romero se detiene, ahora, ante unos ciegos parados en un banco, que terminan de cantar la portentosa historia de la Arpía Americana, terror del cocodrilo y el león, que tenía su hediondo asiento en anchas cordilleras e intrincados desiertos.

—Por una cuantiosa suma
La ha comprado un europeo,
Y con ella se vino a Europa;
En Malta desembarcóla,
Desde allí fue al país griego,
Y luego a Constantinopla,
Toda la Tracia siguiendo.
Allí empezó a no querer
Admitir los alimentos,
Tanto que a las pocas semanas
Murió rabiando y rugiendo.

Coro: Este fin tuvo la Arpía
Monstruo de natura horrendo,
Ojalá todos los monstruos
Se murieran en naciendo.

Por no dar limosna, los que escuchaban en segunda fila se escurren prestamente, riendo de los ciegos que descargan su enojo en la prosapia de los tacaños; pero otros ciegos les cierran el paso, un poco más lejos, cerca de donde se representa, en retablo de títeres, el sucedido de los moros que entraron en Cuenca disfrazados de carneros. Escapando de la Arpía Americana, Juan se ve llevado a la Isla de Jauja, de la que se tenían noticias desde que Pizarro hubiera conquistado el Reino del Perú. Aquí los cantores tienen la voz menos rajada, y mientras uno ofrece oraciones para las mujeres que no paren, el jefe de los otros, ciego de grande estatura, tocado por un sombrero negro, bordonea con larguísimas uñas en su vihuela, dando fin al romance:

> —Hay en cada casa un huerto
> De oro y plata fabricado
> Que es prodigio lo que abunda
> De riquezas y regalos.
> A las cuatro esquinas de él
> Hay cuatro cipreses altos:
> El primero de perdices,
> El segundo gallipavos,
> El tercero cría conejos
> Y capones cría el cuarto.
> Al pie de cada ciprés
> Hay un estanque cuajado
> Cual de doblones de a ocho,
> Cual de doblones de a cuatro.

Y ahora, dejando la tonada de la copla para tomar empaque de pregonero de levas, concluye el ciego con voz que alcanza los cuatro puntos de la feria, alzando la vihuela como estandarte:

> —¡Ánimo, pues, caballeros,
> Ánimo, pobres hidalgos,
> Miserables, buenas nuevas,
> Albricias, todo cuitado!
> ¡Que el que quiere partirse
> A ver este nuevo pasmo
> Diez navíos salen juntos
> De Sevilla este año...!

Vuelven a escurrirse los oyentes, otra vez injuriados por los cantores, y se ve Juan empujado al cabo de un callejón donde un indiano embustero ofrece, con grandes aspavientos, como traídos del Cuzco, dos caimanes rellenos de paja. Lleva un mono en el hombro y un papagayo posado en la mano izquierda. Sopla en un gran caracol rosado, y de una caja encarnada sale un esclavo negro, como Lucifer de auto sacramental, ofreciendo collares de perlas melladas, piedras para quitar el dolor de cabeza, fajas de lana de vicuña, zarcillos de oropel, y otras buhonerías del Potosí. Al reír muestra el negro los dientes extrañamente tallados en punta y las mejillas marcadas a cuchillo, y agarrando unas sonajas se entrega al baile más extravagante, moviendo la cintura como si se le hubiera desgajado, con tal descaro de ademanes, que hasta la vieja de las panzas se aparta de sus ollas para venir a mirarlo. Pero en eso empieza a llover, corre cada cual a resguardarse bajo los aleros —el titiritero con los títeres bajo la capa, los ciegos agarrados de sus palos, mojada en su aleluya la mujer que parió lechones—, y Juan se encuentra en la sala de un mesón, donde se juega a los naipes y se bebe recio. El negro seca al mono con un pañuelo, mientras el papagayo se dispone a echar un sueño, posado en el aro de un tonel. Pide vino el indiano, y empieza a contar embustes al romero. Pero Juan, prevenido como cualquiera contra embuste de indianos, piensa ahora que ciertos embustes pasaron a ser verdades. La Arpía Americana, monstruo pavoroso, murió en Constantinopla, rabiando y rugiendo. La tierra de Jauja había sido cabalmente descubierta, con sus estanques de doblones, por un afortunado capitán llamado Longores de Sentlam y de Gorgas. Ni el oro del Perú, ni la plata del Potosí eran embustes de indianos. Tampoco las herraduras de oro, clavadas por Gonzalo Pizarro en los cascos de sus caballos. Bastante que lo sabían los contadores de las Flotas del Rey, cuando los galeones regresaban a Sevilla, hinchados de tesoros. El indiano, achispado por el vino, habla luego de portentos menos pregonados: de una fuente de aguas milagrosas, donde los ancianos más encorvados y tullidos no hacían sino entrar, y al salirles la cabeza del agua, se les veía cubierta de pelos lustrosos, las arrugas borradas, con la salud devuelta, los huesos desentumecidos, y unos arrestos como para empreñar una armada de Amazonas. Hablaba del ámbar de la Florida, de las estatuas de gigantes vistas por el otro Pizarro en Puerto Viejo, y de las calaveras halladas en Indias, con dientes de tres dedos de gordo, que tenían una oreja sola, y ésa, en medio del colodrillo. Había, además, una ciudad, hermana de la de Jauja, donde todo era de oro, hasta las bacías de los barberos, las cazuelas y peroles, el calce de las carrozas, los candiles. «¡Ni que fueran alquimistas sus moradores!», exclama el romero atónito. Pero el indiano pide más vino y explica que el oro de Indias ha dado término a las lucubraciones de los perseguidores de la Gran Obra. El mercurio hermético, el elixir divino, la lunaria mayor, la calamina y el azófar, son abandonados ya por todos los estudiosos de Morieno, Raimundo y Avicena, ante la llegada de tantas y tantas naves cargadas de oro en barras, en vasos, en polvo, en piedras, en estatuas, en joyas. La transmutación no tiene objeto donde no hay operación que cumplir en hornacha para tener oro del mejor, hasta donde alcanza la mano de un buen extremeño, parado en una estancia de regular tamaño.

Noche es ya cuando el indiano se va al aposento, trabada la lengua por tanto vino bebido, y el negro sube, con el mono y el papagayo, al pajar de la cuadra. El romero, también metido en humos, yéndose a un lado y otro del bordón —y, a veces, girando en derredor—, acaba por salirse a un callejón de las afueras, donde una moza le acoge en su cama hasta mañana, a cambio del permiso de besar las santas veneras que comienzan a descoserse de su esclavina. Las muchas nubes que se ciernen sobre la ciudad ocultan, esta noche, el Camino de Santiago.

V

Dice ahora, a quien quiere oírle, que regresa de donde nunca estuvo. Allá quedó Santiago el Mayor, y la cadena que le aprisionó y el hacha que lo decapitó. Por aprovechar las hospederías de los conventos y su caldo de berzas con pantortas de centeno; por gozar de las ventajas de las licencias, sigue llevando Juan el hábito, la esclavina y la calabaza, aunque ésta, en verdad, sólo carga ya aguardiente. Bien atrás quedó el Camino Francés, en beneficio de otro que, al pasar por Ciudad Real, lo tuvo tres días pegado a los odres del más famoso vino de todo el Reino. De allí en adelante nota algo cambiado en las gentes. Poco hablan de lo que ocurre en Flandes, viviendo con los oídos atentos a Sevilla, por donde llegan noticias del hijo ausente, del tío que mudó la herrería a Cartagena, del otro que perdió su plata, por no tenerla registrada. Hay pueblos de donde han marchado familias enteras; canteros con sus oficiales, hidalgos pobres, con el caballo y los criados. Ahora tocan cajas en todas las plazas, levando gente para conquistar y poblar nuevas provincias de la Tierra Firme. Los mesones, los albergues, están llenos de viajeros. Así, habiendo trocado la venera por la Rosa de los Vientos, llega Juan el Romero a la Casa de la Contratación, tan olvidado de haber sido peregrino, que más parece un actor de compañía desbandada, de los que, a falta de dinero, echan mano a las arcas del vestuario, acabando por ponerse la casaca del bobo del entremés, las bragas del vizcaíno, la cota de Pilato, y el sombrero que lleva Arcadio, el pastor enamorado de la comedia al estilo italiano, que no gustó. Poco a poco, haciéndose de unas calzas acá, allá de una capa, cambiando la esclavina por zapatos, regateando al ropavejero, Juan lucía un atuendo que si en nada recordaba al romero, tampoco evocaba al soldado de los Tercios de Italia. Además, no era propósito suyo acudir a la llamada de las levas, pues bien le había advertido el Indiano que las conquistas a lo Cortés, yéndose en armada, no era ya lo que mejor aprovechaba. Lo que ahora pagaba en Indias era el olfato aguzado, la brújula del entendimiento, el arte de saltar por sobre los demás, sin reparar mucho en ordenanzas de Reales Cédulas, reconvenciones de bachilleres, ni griterías de Obispos, allí donde la misma Inquisición tenía la mano blanda, por tener muy poco que hacer con tantos negros e indios, escasamente preparados en materia de fe, sabiéndose, además, que si hubiese empeño en repartir sambenitos, los más se irían en vestir capellanes culpables del delito de solicitación en el confesionario; y·como la atenuante del impulso repentino era tanto más válida en tierras calientes, el Santo Oficio americano había optado, desde el comienzo, por calentar jícaras de chocolate en sus braseros, sin afanarse en establecer distingos de herejía pertinaz, negativa, diminuta, impenitente, perjura o alumbrada. Además, donde no había iglesias luteranas ni sinagogas, la Inquisición se echaba a dormir la siesta. Podían los negros, a veces, tocar el tambor ante figuras de madera que olían a pezuña del diablo. Pero mientras con su pan se lo comieran, los frailes se encogían de hombros. Lo que molestaba eran las herejías que venían acompañadas de papeles, de escritos, de libros. Así, después de agacharse bajo el agua bendita, los negros e indios volvían muchas veces a sus idolatrías, pero hacían demasiada falta en las minas, en los repartimientos, para que se les viera, al tenor del Cuarto Evangelio, como el sarmiento seco que se amontona y arroja al fuego. De este modo, favoreciéndolo con la merced de su larga experiencia, el Indiano lo había recomendado a un cordelero sevillano, cuya atarazana, repleta de catres y jergones, era posada donde otros aguardaban, como él, permiso para embarcar en la Flota de la Nueva España, que en mayo saldría de Sanlúcar con mucha gente divertida a bordo de las naves. Con el nombre de Juan de Amberes quedaba Juan asentado en los libros de la Casa de Contratación —pues no debía olvidarse que se le esperaba en Flandes, luego de la promesa cumplida—, entre un Jorge, negro esclavo del Obispo de Tarragona, y uno que demasiado insistía en no ser hijo de reconciliado, ni nieto de quemado por herejía. En el mismo folio de asientos desfilaban, a continuación, un pellejero de la Emperatriz, un mercader genovés llamado Jácome de Castellón, varios chantres, dos polvoristas, el Deán de Santa María del Darién con su paje Francisquillo, un algebrista maestro en pegar huesos rotos, clérigos, bachilleres, tres cristianos nuevos, y una Lucía de color de pera cocha. En eso del color, mejor hubiera sido no entrar en distingos, buscándose matices de pera cocida o no, porque Juan, en sus andanzas por el laberinto bético, se asombraba ante el gran portento de los humanos colores. Y no eran tan sólo los negros horros que esperaban el día de salir en las flotas, loros como brea o con el pellejo de berenjena; no eran tan sólo las morenas del paracumbé, guineas alcojoladas, mulatas de Zofalá, sino que se veían, en estas vísperas de salida, muchos indios que aguardaban el regreso a sus patrias en el séquito de prelados o capitanes, venidos a tratar negocios en la Corte. El solo Chantre Mayor de Guatemala, que embarcaría en la Flota, se traía tres criados, de color aceitunado, con las frentes ceñidas por tiras bordadas, y una manta de lana espesa, con los colores del arco iris, metida por la cabeza a modo de capisayo. Los tres llevaban cruces al cuello, pero sabe Dios de qué paganismo hablarían, en su idioma de respirar para dentro, que más sonaba a protesta de sordomudo que a lengua de cristiano. Había indios de la Española, yucatecos que llevaban calzones blancos, y otros, de cabeza redonda, bocas belfudas, y pelo espeso, cortado como a medida de cuenco, que eran de la Tierra Firme, y hasta aparecían en misa, algunas veces, los ocho mexicanos de la casa de Medina Sidonia, que habían tocado chirimías —y muy diestramente, por cierto— en las fiestas dadas para celebrar el encuentro de Doña María con el Príncipe Felipe, en Salamanca. Todo aquel mundo alborotoso y de plumas, donde no faltaban eunucos de Argel, y esclavas moras con las caras marcadas al hierro, ponían un estupendo olor de aventuras en las narices de Juan de Amberes. Y luego, era la salmuera de los matalotajes, la brea de los calafates, las sardinas salpresadas de las tabernas de vino blanco, el dado echado a todas horas, y la endemoniada zarabanda que ya se bailaba en las casas del trato, donde los marineros habían traído la costumbre de mascar una yerba parda, que les teñía la saliva de amarillo, y ponía en sus barbas un fuerte olor a regaliz, a vinagre, a especias, y a muchas cosas más que no acababan de oler bien.

Y ya está Juan de Amberes en alta mar. No le dejan pasar a México, porque el Consejo quiere gente para poblar comarcas empobrecidas por los saqueos de piratas franceses, la falta de labradores, la mortandad de los indios en las minas. Juan recibió la nueva con pataleos y blasfemias. Pensó luego que era castigo de Dios, por no haber llegado hasta Compostela. Pero a punto apareció el Indiano de la feria de Burgos en el albergue de viajeros, para decirle que una vez cruzado el Mar Océano, podría reírse de los oficiales del Consejo, pasando a donde mejor le viniera en ganas, como hacían los más cazurros. Y así, ya sin enojo, anda Juan redoblando el tambor en la cubierta de su nave, para anunciar la carrera de cerdos que se hará en el sollado, antes de que los animales caigan bajo el cuchillo del cocinero, para ser salados. Queriéndose burlar el tedio de la calma chicha, y olvidar que el agua de los barriles ya sabe a podrido, se corren cochinos, se corren becerros, mientras todavía están en pie, en espera de otras diversiones. Habrá, luego, la batalla de jeringas cargadas de agua de mar; el palo atado a la cola del perro enfurecido; la busca, a ojos vendados, del gallo apretado entre dos tablas, para zajarle la cabeza de un sablazo; y cuando todo esto aburre y el dinero de los unos ha pasado a ser de otros, diez veces, al juego de la quínola o el rentoy, se desatan las fiebres, caen los de la insolación, hay quien deja los colmillos en una galleta ya rumiada de ratones, pasa algún difunto por sobre la borda, pare mellizos la negra lora, vomitan éstos, se rascan los otros, largan aquéllos las entrañas, y cuando ya parece que no se aguanta más, de pulgas, de liendres, de mugre y hediondeces, grita el vigía, una mañana, que por fin se divisa el morro del puerto de San Cristóbal de La Habana. Era tiempo de llegar: el ingrato camino para alcanzar la fortuna estaba cansando ya a Juan, a pesar de que los peces voladores, vistos algunos días antes, le hubieran parecido un portento anunciador de Arpías Americanas y tierra de Jauja. Contento ahora, al mirar un campanario esbelto sobre el hacinamiento de tejados y chozas de lo que debe ser la ciudad, agarra los palillos y atruena el tambor con el compás de la marcha que llevaba su compañía, cuando entrara en Amberes a tomar cuarteles de invierno, para hacer la guerra a los herejes, enemigos de nuestra santa religión.

VI

Pero allí todo es chisme, insidias, comadreos, cartas que van, cartas que vienen, odios mortales, envidias sin cuento, entre ocho calles hediondas, llenas de fango en todo tiempo, donde unos cerdos negros, sin pelo, se alborozan la trompa en montones de basura. Cada vez que la Flota de la Nueva España viene de regreso, son encargos a los patrones de las naves, encomiendas de escritos, misivas, infundios y calumnias, para entregar, allá, a quien mejor pueda perjudicar al vecino. En el calor que envenena los humores, la humedad que todo lo pudre, los zancudos, las nihuas que ponen huevos bajo las uñas de los pies, el despecho y la codicia de menudos beneficios —que grandes, allí, no los hay— roen las almas. Quien sabe escribir no usa la merced de escribir discursos de provecho, a la manera de los antiguos, alguna pastoral o invención de regocijo para el Corpus, sino que se las pasa mandando quejas al Rey, habladurías al Consejo, con la pluma mojada en tinta de hiel. Mientras el Gobernador trata de desacreditar a los Oficiales Reales en carta de ocho pliegos, el Obispo denuncia al Regidor por amancebado; el Veedor al Obispo, por usurpar cargos de Inquisidor, no conferidos por el Cardenal de Toledo; el Escribano Público acusa al Tesorero de no pagar cabalmente los diezmos; el Tesorero, amigo del Alcalde, acusa al Escribano de pícaro y trapacero. Y va la cadena, rompiendo siempre por lo más débil o lo más forastero. A éste se denuncia de haber comprado hierbas de buen querer a un negro brujo, a quien mandarán azotar en Cartagena de Indias; al Pregonero, porque dicen que cometió el nefando pecado; al Encomendero, por haber movido los linderos de un realengo; al Chantre, por lujurioso; al Artillero, por borracho; al Pertiguero, por bujarrón. El Barbero de la villa —bizco que daña con el solo mirar cruzado— es la espernada de la cadena de infamias, afirmando que Doña Violante, la esposa del antiguo gobernador, es zorra vieja que tiene comercio deshonesto con sus esclavos. Y así se lleva, en este infierno de San Cristóbal, entre indios naboríes que apestan a manteca rancia y negros que huelen a garduña, la vida más perra que arrastrarse pueda en el reino de este mundo. ¡Ah! ¡Las Indias! ¡Las Indias...! Sólo se le alegra el ánimo a Juan de Amberes, cuando llega gente marinera, de México o de la Española. Entonces, durante días, recordando que fue soldado, roba a los carniceros un costillar que guisarán entre varios, en salsa de achiote o polvo de chile traído de la Veracruz, o ayuda a tumbar las puertas de las pescaderías, para cargar con las cestas de pargos y jicoteas. En esos meses, a falta de manjares más finos, Juan se ha aficionado a las novedades del jitomate, la batata y la tuna. Se llena las narices de tabaco, y en días de penurias —que son los más— moja su cazabe en melado de caña, metiendo luego la cara en la jícara para lamerla mejor. Y cuando la tripulación de las flotas viene a tierra, se da a bailar con las negras horras —de cara de Diablo para hacer tal oficio, donde tanto escasean las hembras—, que tienen un corral de tablaje, con catres chinchosos, junto a la dársena del carenero. Lo poco que gana tocando el tambor cuando hay barco a la vista, encabezando alguna procesión, o tratando de concertar a las zambas que tocan maracas en los Oficios de Calenda, se lo gasta en el bodegón de un allegado del Gobernador, próximo a la Casa del Pan, que suele recibir, de tarde en tarde, barricas del peor morapio. Pero aquí no puede hablarse de vino de Ciudad Real, ni de Ribadavia, ni de Cazalla. El que le baja por el gaznate, esmerilándole la lengua, es malo, agrio, y caro por añadidura, como todo lo que de esta isla se trae. Se le pudren las ropas, se le enmohecen las armas, le salen hongos a los documentos, y cuando alguna carroña es tirada en medio de la calle, unos buitres negros, de cráneo pelado, le destrenzan las tripas como cintas de Cruz de Mayo. Quien cae al agua de la bahía es devorado por un pez gigante, ballena de Jonás, con la boca entre el cuello y la panza, que allí llaman tiburón. Hay arañas del tamaño de la rodela de una espada, culebras de ocho palmos, escorpiones, plagas sin cuento. En fin, que cuando el tintazo avinagrado se le sube a la cabeza, Juan de Amberes maldice al hideputa de indiano que le hiciera embarcar para esta tierra roñosa, cuyo escaso oro se ha ido, hace años, en las uñas de unos pocos. De tanto lamentar su miseria, en un calor que le tiene el cuerpo ardido y la piel como espolvoreada de arena roja, se le inflaman los hipocondrios, se le torna pendenciero el ánimo, a semejanza de los vecinos de la villa, cocinados en su maldad, y una noche de tinto mal subido, arremete contra Jácome de Castellón, el genovés, por fullerías de dados, y le larga una cuchillada que lo tumba, bañado en sangre, sobre las ollas de una mondonguera. Creyéndole muerto, asustado por la gritería de las negras que salen de sus cuartos abrochándose las faldas, toma Juan un caballo que encuentra arrendado a una reja de madera, y sale de la ciudad a todo galope, por el camino del astillero, huyendo hacia donde se divisan, en días claros, las formas azules de lomas cubiertas de palmeras. Más allá debe haber monte cerrado, donde ocultarse de la justicia del Gobernador.

Durante varios días cabalga Juan de Amberes el rocín que pierde las herraduras en tierra cada vez más fragosa. Ahora que se dejaron atrás los últimos campos de caña, una cordillera va creciendo a su derecha, con cerros de lomo redondeado, como grandes perros dormidos bajo su lana de manigua. Siguiendo las orillas de un arroyo que viene bajando a saltos, trayendo semillas y frutas podridas, con altas malangas en los remansos y pececillos de ojos negros que tililan a contracorriente, el fugitivo va subiendo hacia donde los árboles cargan flores moradas, o se enferman, en la horquilla de un tronco, del tumor de una comejenera hirviente de bichos. Hay matas que parecen vestidas de cáscara de cebolla, y otras que cargan los nidos de enormes ratas. Juan deja el caballo en el amarradero de un tronco de ceibo, pues tendrá que trepar ahora por grandes piedras para alcanzar el filo de la cordillera. Y ya baja hacia la otra vertiente, cuando clarea el matorral, y se abre el mar a sus pies: un mar sin espuma, cuyas olas mueren, con sordo embate, en las penumbras de socavones habitados por un trueno de gravas rodadas. Al atardecer está en una playa cubierta de almejas, donde unas vejigas irisadas mueren al sol, entre cáscaras de rizos, pomas leonadas y guamos grandes, de los que braman como toros. Juan se hincha los pulmones de aire salobre, de brisa fresca que le llena los ojos de lágrimas, al olerle a Sanlúcar el día de la partida, y también a su desván de Amberes, con la pescadería de abajo, cuando ladra un perro tras de los cocoteros, y ve el fugitivo, al volverse, un hombre barbado que le apunta con un arcabuz:

—¡Soy calvinista! —dice, en tono de reto.

—¡Yo he matado! —responde Juan, para tratar de descender, en lo posible, al nivel de quien acaba de confesar el peor crimen. El barbado afloja el arma, lo contempla durante un rato, y llama por un Golomón —negro de mejillas tasajeadas a cuchillo—, que cae de un árbol casi encima de Juan, y le baja el sombrero sobre la cara, con tal fuerza

75

que la cabeza se lo raja a media copa. Metido en la noche del fieltro, lo hacen caminar.

VII

Seiscientos fueron los calvinistas degollados por el desmadrado de Menéndez de Avilés en la Florida, cuenta el barbado, enfurecido, golpeando la mesa con anchos puños, mientras Golomón, más lejos, afila el machete en una piedra. De milagro escapó el hugonote, compañero de René de Landonnière, con treinta hombres que luego se dispersaron tratando de alcanzar la Española. Y el hombre, entreverando la doctrina de la predestinación con blasfemias para herir al cristiano, cuenta la degollina con tales detalles de tajos altos y tajos bajos, de sables mellados que se paraban a medio cuello y terminaban aserrando —de hachazos que venían a caer en lo empinado del espinazo sonando a trinchante de carnicero—, que Juan de Amberes agacha la cabeza con una mueca de disgusto, dando a entender que por honrar a Dios y a Jesucristo con menos latines, el castigo le parecía un poco subido, y más aquí donde las víctimas, en verdad, en nada molestaban. A uno, de un mandoblazo, le llevaron el hombro izquierdo con la cabeza. «Otro empezó a gatear, ya sin cabeza, con el pescuezo hecho un cuello de odre», cuenta el barbado, furibundo, queriendo hallar objeción en el otro, para ordenar a Golomón que le tumbe, de un machetazo, todo lo que se le alza por encima de la nuez. Pero Juan de Amberes no aprueba ya por fingimiento. Él, que ha visto enterrar mujeres vivas y quemar centenares de luteranos en Flandes, y hasta ayudó a arrimar la leña al brasero y empujar las hembras protestantes a la hoya, considera las cosas de distinta manera, en ese atardecer que pudo ser el último de su vida, luego de haber padecido la miseria de estos mundos donde el arado es invento nuevo, novedad la talabartería, joyas la oliva y la uva, y donde el Santo Oficio, por cierto, mal se cuida de las idolatrías de negros que no llaman a los Santos por sus nombres verdaderos, del ladino que todavía canta areitos, ni de las mentiras de los frailes que llevan las indias a sus chozas para adoctrinarlas de tal suerte que a los nueve meses devuelven el Páter por la boca del Diablo. Que allá, en el Viejo Mundo, se pelee por teologías, iluminaciones y encarnaciones, le parece muy bien. Que mande el Duque de Alba a quemar al barbado, allá donde el hereje pretende alzar provincias contra el Rey Felipe, Campeón del Catolicismo, Demonio de Mediodía, es acto de buena política. Pero aquí se está entre cimarrones. Es cimarrón él mismo, por la culpa que acarrea. Cimarrón como el calvinista que ha compartido la cimarronada con un cristiano nuevo, tan nuevo que se olvidó del bautismo, luego de haber tenido que escapar de La Habana, al denunciar que el Obispo vendía por buenas, a la Parroquial

Mayor, unas custodias enchapadas, de lo peor, pidiendo su pago en oro del que se muerde. Así, con el calvinista y el marrano, ha encontrado Juan amparo contra la justicia del Gobernador, y calor de hombres. Y calor de mujeres. Porque, en la cimarronada que acaudillara Golomón, al escapar de una plantación de cañas de azúcar, los perros agarraron a muchos esclavos que fueron rematados luego por los ranchadores. Entretanto, las mujeres, que iban delante, alcanzaron el monte. Así, tiene ahora el tambor Juan de Amberes dos negras para servirle y darle deleite, cuando el cuerpo se lo pide. A la grandísima, de senos anchos, con la pasa surcada por ocho rayas, ha llamado Doña Mandinga. A la menuda, cuyas nalgas se sobrealzan como sillar de coro, y apenas si tiene un pelo raro donde las cristianas lucen tupido vellón, ha llamado Doña Yolofa. Como Doña Mandinga y Doña Yolofa hablan idiomas distintos, no discuten a la hora de ensartar los peces por las agallas en el asador de una rama. Y así se va viviendo, en trabajos de encecinar la carne del jabalí o del venado, guardando bajo techo las mazorcas de los indios, en un tiempo detenido, de mañana igual a ayer, donde los árboles guardan las hojas todo el año, y las horas se miden por el movimiento de las sombras. Al caer las tardes, una gran tristeza se apodera de los que viven en el palenque. Cada cual parece recordar algo, añorar, echar de menos. Sólo las negras cantan, en el humo de la leña que demora sobre la mar tranquila, como una neblina que oliera a cortijo. Juan de Amberes se quita el sombrero, y, de cara a las olas, dice el Padrenuestro y también el Credo, con voz que le retumba a lo hondo del pecho, cuando afirma que cree en el perdón de los pecados, la resurrección de la carne y la vida perdurable. El calvinista, más lejos, musita algún versículo de la Biblia de Ginebra; el marrano, de espaldas a las carnes desnudas de Doña Yolofa y Doña Mandinga, dice un salmo de David, con inflexiones que parecen de llanto contenido: «Clemente y misericordioso Jehová, lento para la ira y grande para el perdón...» Álzase la luna y los perros del palenque, sentados en la arena, aúllan en coro. El mar rueda sus gravas en los socavones de la costa. Y como el judío, después de los rezos, denuncia una trampa del calvinista en el juego de los naipes, se lían los tres a puñetazos, pegando, cayendo, abrazados en lucha, pidiendo cuchillos y sables que nos les traen, para reconciliarse luego, entre risas, sacudiendo la arena que les ha llenado las orejas. Como no tienen dinero, juegan conchas.

VIII

Pero, al cabo de meses que no se cuentan, Juan se enferma de languidez. Pueden abanicarlo con pencas, la Doña Yolofa y la Doña Mandinga, espantando las diminutas moscas que se alzan, en este tiempo, sobre los manglares cercanos; pueden traer buenos peces los indios, encandilándolos con teas en las cuevas de la costa. El Tambor de Amberes pasa largas horas sacando humo de tabaco de un hueso que para eso tiene, añorando los tiempos en que entraba en las ciudades, junto al abanderado, el trompeta y el pífano de boj, y a su paso se abrían las ventanas verdes, con adorno de corazones calados en la madera de los postigos, y sobre los alféizares florecidos asomábanse mujeres que parecían ofrecer el pecho sonrosado bajo el encaje de la camisola —que eso sí eran mujeres, las de Italia, de Castilla, de Flandes, y no esos pellejos de odres, con olor a chamusquina, tan duros que no podían pellizcarse, de las negras que aquí había que tomar como hembras. Con esas loras, lorísimas, no podía un antiguo colegial de Alcalá hablar de las mil cosas que había visto y aprendido en sus andanzas por el mundo, pues todo lo que sabían ellas era aporrear sus bárbaros tambores y cantar unas coplas tan extravagantes y repetidas que cuando las empezaban, a manera de responso, sacudiendo unas sonajas, y coreando lo que Golomón guiaba a la comodidad de la garganta, Juan el Estudiante se iba al monte con los perros, en muestra de su disgusto. Porque estudiante había sido Juan —según contaba al barbado y al judío— en la clase donde se enseñaban las artes del Cuadrivio, con el conocimiento de las cifras para tañer la tecla, el harpa y la vihuela, el modo de hacer diferencias, mudanzas y ensaladas, sin olvidar el conocimiento del canto llano y la práctica del órgano. Y como no había tecla ni vihuela en aquella costa, Juan demostraba, de palabras y tarareos, cómo sabía hacer glosas a una pavana o hermoseaba la tonada del *Conde Claro* o el *Mírame cómo lloro,* con floreos y adornos a la manera francesa o italiana, como ahora se acostumbraba en la Corte. Con el cuadro de aquellos conocimientos había crecido también la condición del fugitivo, que ahora resultaba ser el hijo de un escudero de los que en aquellos tiempos llevaba su penuria con dignidad, por no deshacerse de una casa solariega, desde cuyo zaguán divisábase —a la distancia de donde queda aquel árbol: y miraban todos para allá— la fachada de la Imperial Universidad de San Ildefonso, cuya vida estudiantil contaba el atambor con detalles, sucedidos y ocurrencias, que cada día tomaban mayores vuelos. Si alguna vez había sido soldado, lo debía al compromiso de servir al Rey, observado por todos sus antepasados, hasta donde las fechas se enredaban con las hazañas de Carlomagno. Así, dándose a encopetar el árbol genealógico, se aliviaba del hastío de comer tanta almeja, tanta tortuga mal adobada, tanta carne ahumada en las parrillas del calvinista. Su paladar reclamaba el vino con apremio casi doloroso, y cuando la mente se le iba tras de bodegones imaginarios, se le pintaban mesas enormes, cubiertas de perdices, capones, gallipavos, manos de vitela, quesos de grandes ojos, fuentes de escabechados, manjar blanco y miel de Alcarria. Pero no era Juan el único alanguidecido en aquel palenque, donde los negros y los indios, en cambio, librados de mastines ranchadores, se hallaban muy a gusto, en una constante paridera de mujeres y de perras. El judío soñaba con la Judería toledana, donde se vivía apaciblemente, desde hacía muchos años, pudiendo cada cual regocijarse en las bodas de mucha música, o escuchar a los sabios que leían los Tratados, sin que las persecuciones de otros días llenaran las casas de lágrimas y de sangre. Cerrando los ojos, veía el marrano las estrechas calles donde los linterneros y cuchilleros tenían sus talleres, junto a la pastelería de los hojaldres, con sus rosas de almendras y las toronjas alcorzadas. Los padres, conversos por pura forma, seguían el mandato de enseñar a sus hijos algún oficio manual, además de hacerles estudiar la Tora, y así, quien no hacía balanzas, como el primo Mossé, era trabajador en coral y pintor de barajas, como Isaac Alfandari; platero famoso como el otro primo Manahén, o Maestro de Llagas, como el pariente Rabi Yudah. Las judías endecheras cantaban por dinero en los entierros de cristianos, y en las oficinas y comercios sonaba siempre la bella música sorda de las cuentas movidas en el ábaco. Sueña el judío con la Judería, y el barbado sueña con París, de donde se dice oriundo, aunque la verdad es que nació en un arrabal de Rouen, y sólo estuvo ocho días al pie del

Chatelet, siendo grumete de una barcaza leñera. Pero le bastaron los ocho días para ver a los farsantes que representaban comedias sobre un puente muy hermoso, meditar acerca de la vanidad de todo al pie de las horcas de Montfaucon, y catar el vino de las tabernas de la Magdalena y de la Mula. Afirma que no hay nada como París, y reniega de estas tierras ruines, llenas de alimañas, donde el hombre, engañado por gente embustera, viene a pasar miserias sin cuento, buscando el oro donde no reluce, siquiera, una buena espiga de trigo. Y habla de hembras rubias, y de la sidra que bulle, y de la oca que suda el zumo sobre un fuego de sarmientos, acabando de alterar los hipocondrios del tamborero, que increpa a Golomón por perezoso, ahora que le ha dado, de tanto oír, por hablar confusamente de un linaje que el hierro candente humilló en su carne. Todos fueron gente de condición, y el negro, que apenas si se acuerda, en cuanto a su nación, de un río muy ancho y muy enturbiado de raudales, a cuya orilla había chozas con paredes de barro embostado, habla de un mundo en que su padre, coronado de plumas, paseaba en carrozas tiradas por caballos blancos, semejante a la que hacían rodar los de Medina Sidonia, por la Alameda de Sevilla, en días de fiesta. Todos sueñan, malhumorados, entre cangrejos que hacen rodar cocos secos, triscando las frutillas moradas de un árbol playero, que medio saben a uva, y remozan apetencias de vino en las bocas hastiadas de cazabe y chicha de maíz. Todos piensan en cosas que poco tuvieron en realidad, aunque las columbraron con apetito divino, hasta que revientan las lluvias, alzando nuevas plagas. Juan se enfurece, patalea, grita, al verse envuelto por tantas mosquillas negras que zumban en sus oídos, pringándose con su propia sangre al darse de manotazos en las mejillas. Y una mañana despierta todo calofriado, con el rostro de cera, y una brasa atravesada en el pecho. Doña Yolofa y Doña Mandinga van por hierbas al monte —unas que se piden a un Señor de los Bosques que debe ser otro engendro diabólico de estas tierras sin ley ni fundamento—. Pero no hay más remedio que aceptar tales tisanas, y mientras se adormece, esperando el alivio, el enfermo tiene un sueño terrible: ante su hamaca se yergue, de pronto, con torres que alcanzan el cielo, la Catedral de Compostela. Tan altas suben en su delirio que los campanarios se le pierden en las nubes, muy por encima de los buitres que se dejan llevar del aire, sin mover las alas, y parecen cruces negras que flotaran como siniestro augurio, en aguas del firmamento. Por sobre el Pórtico de la Gloria, tendido está el Camino de Santiago, aunque es mediodía, con tal blancura que el Campo Estrellado parece mantel de la mesa de los ángeles. Juan se ve a sí mismo, hecho otro que él pudiera contemplar desde donde está, acercándose a la santa basílica, solo, extrañamente solo, en ciudad de peregrinos, vistiendo la esclavina de las conchas, afincando el bordón en la piedra gris del andén. Pero cerradas le están las puertas. Quiere entrar y no puede. Llama y no le oyen. Juan Romero se prosterna, reza, gime, araña la santa madera, se retuerce en el suelo como un exorcizado, implorando que le dejen entrar. «¡Santiago! —solloza—. ¡Santiago!» Al atorarse de agua salada, se ve a la orilla del mar y ruega que le dejen embarcar en una urca fondeada donde sólo ven los demás un tronco podrido. Tanto llora, que Golomón tiene que atarlo con unas lianas, dentro de su hamaca, dejándolo como muerto. Y cuando abre los ojos al atardecer, hay un gran alboroto en el palenque. Una nave en derrota, desmantelada por las Bermudas, ha venido a vararse en un cayo, frente a la costa. Traídas por la brisa, se oyen las voces de los marineros pidiendo ayuda. Golomón y el barbado empujan la canoa hasta el agua, mientras el marrano carga con los remos.

IX

En aquel amanecer la sombra del Teide se ha pintado en el cielo como una enorme montaña de niebla azul. El barbado, que viaja como cristiano, dándoselas de borgoñón pasado a las Indias con licencia del Rey (y se ha comprometido a demostrarlo a la llegada), sabe que sus andanzas terminarán muy pronto. Como la Gran Canaria tiene comercio con gentes de Inglaterra y de Flandes, y más de un capitán calvinista o luterano descarga allí su mercancía, sin que le pregunten si cree en la predestinación, ayuna en cuaresma o quiere bulas a buen precio, sabe que le será fácil perderse en la ciudad, viendo luego cómo escapar de la Isla y pasarse a Francia. Dirige a Juan una mirada entendida, por no hablar de lo que saben ambos. Por lo pronto, hay ya el contento de haber vuelto a encontrar, en la lenteja y el salpicón, el queso y la salmuera, sabores que se añoraban demasiado, allá en el palenque donde quedaron, más llorosas por despecho que por duelo, la Doña Yolofa y la Doña Mandinga, que casi se tenían por damas castellanas ante las otras negras, al saberse las mancebas del hijo de algo tan grande como debía serlo un Escudero. El enfermo sintió la salud volverle al cuerpo, con sólo embarcar en la nave que terminaría por echar las anclas en Sanlúcar, donde lo esperaban las sandalias y el bordón del peregrino, que las promesas eran promesas, y por no cumplir la suya le habían llovido las malandanzas. Y ahora, tan cerca de pisar tierra de la buena y verdadera, después de largas semanas de mar, se siente alegre como recordaba haberlo estado, cierta tarde, luego de bañarse con el agua del Hospital de Bayona. Piensa de pronto, que el haber estado allá, en las Indias, le hace indiano. Así, cuando desembarque, será Juan el Indiano. Oye entonces un alboroto de marineros en el castillo de popa, y creyendo que se regocijan

por la pronta llegada, corre a verlos, seguido del barbado. Pero lo que allí ocurre no es cosa de risa: los hombres rodean al cristiano nuevo, zarandeándolo a empellones. Uno lo tira al suelo de una zancadilla, y levantándolo por la piel del cogote lo hace arrodillarse: «¡El Padrenuestro!» —le grita en la cara. «¡El Padrenuestro y luego el Avemaría!» Y Juan se entera de que los marineros espiaban al cristiano nuevo desde hacía varios días, al saber, por boca del cocinero que, con la treta de servirle de marmitón, había robado alguna harina para hornearse un pan sin levadura. Y hoy, que era sábado, lo habían visto bañarse temprano y ponerse ropa limpia. «¡El Padrenuestro!», aúllan todos ahora, dándole de puntapiés. El marrano, atolondrado, gime súplicas que nadie escucha, y al recibir el latigazo de una soga de nudos, empieza a murmurar algo que no es Padrenuestro ni Avemaría, sino el Salmo de David que recitaba en el palenque, tres veces al día: «Clemente y misericordioso Jehová, lento para la ira y grande para el perdón...» No termina de decirlo, cuando todos se le echan encima, pateándolo, mientras uno corre por los grillos. Y ya lo tienen aherrojado, escupiendo los dientes que le desprendieron de un garrotazo, cuando se vuelven todos hacia el barbado, a quien acosan de repente contra una borda, llamándolo corsario luterano. El otro, haciendo frente, protesta con tal firmeza, amenazando con elevar una queja al Consejo, que el patrón, indeciso, acaba por pedir sosie-

go. Por las dudas, decide que lo más cuerdo es entregar al fingido borgoñón a la justicia de Las Palmas, la cual proveerá a poner en claro el caso de la tal licencia para pasar a las Indias. Lívido, el barbado se ve remachar un par de hierros en los tobillos, mientras se llevan al marrano, entre insultos, arrojándole baldes de agua sucia a la cara. Va tan lastimado que deja un rastro de sangre por donde pasa. Mira Juan cómo lo tiran escala abajo, y cierran una escotilla sobre su última queja. Acaba de saber que, después de haber sido isla de paz para moros y conversos, y de vista muy gorda para marinos y mercaderes luteranos, la Gran Canaria se ha erigido en atalaya mayor del Campeón del Catolicismo, representado por el ministerio de un tremebundo inquidisidor que ha plantado, en La Palma, la Cruz Verde del Santo Oficio, apresando tripulaciones enteras por sospechosas. Sus calabozos están llenos de patrones holandeses, de capitanes anglicanos, prestos a ser entregados al Brazo Secular. Golomón, agazapado al pie del trinquete, tiembla como un afiebrado, temiendo que le pregunten por qué, cuando rezaba ante Nuestro Señor Jesucristo, en la hacienda del amo cuya marca se le clarea en el pellejo, no llamaba el Redentor por su nombre, sino que lo alababa en su lengua, luego de colgarse muchos abalorios al cuello. Juan trata de aquietarlo, como a perro bueno, con palmadas en los hombros, sin poderle decir —por temor a quien pudiera oírlo— que en días de Tablado Ma-

yor no gastaba leña la Inquisición en quemar negros, sino más bien doctores demasiado conocedores del árabe, teólogos de oreja puntiaguda, gente protestante, o difundidores de un librejo hereje muy perseguido en los puertos donde anclaban las naves holandesas, que tenía por título «Alabanza de la Locura», o «Elogio de los Locos», o algo semejante. Y como ya se acerca el día de la Trinidad, y la Trinidad es fiesta buena para los autos, Juan el Indiano ve ya al marrano de sambenito negro, mientras el barbado se le figura vistiendo uno amarillo, con la cruz de San Andrés bordada en rojo, delante y detrás. Luego de recibir la bendición al pie del Estandarte, montarían los dos en sus burros, en medio de la gritería y el escarnio de los que hubiesen venido de muy lejos para ganarse los cuarenta días de indulgencia, y serán arreados hacia el brasero, con otros muchos herejes, llevándose en alto los retratos de quienes, por fugitivos, quedarían ardidos en efigie.

X

Un día de feria, al cabo de una calle ciega, está Juan el Indiano pregonando, a gritos, dos caimanes rellenos de paja que da por traídos del Cuzco, cuando lo cierto es que los compró a un prestamista de Toledo. Lleva un mono en el hombro y un papagayo posado en la mano. Sopla en un gran caracol rosado, y de una caja encarnada sale Golomón, como Lucifer de auto sacramental, ofreciendo collares de perlas melladas, piedras para quitar el dolor de cabeza, fajas de lana de vicuña, zarcillos de oropel, y otras buhonerías del Potosí. Al reír muestra el negro los dientes tallados en punta y las mejillas marcadas a cuchillo, de tres incisiones, a usanza de su pueblo, y, agarrando una sonaja, se entrega al baile, moviendo la cintura con tal desencaje que hasta la vieja de los mondongos y las panzas se aparta de su tenducho arrimado al Arco de Santa María, para venir a mirarle. Como en Burgos se gusta ya de la zarabanda, el guineo y la chacona, muchos lo celebran, pidiendo otra novedad del Nuevo Mundo. Pero en eso empieza a llover, corre cada cual a resguardarse bajo los aleros, y Juan el Indiano se encuentra en la sala de un mesón, con un romero llamado Juan, que andaba por la feria, con su esclavina cosida de conchas —venido de Flandes para cumplir un voto hecho a Santiago, en días de tremenda peste. Juan el Indiano, que desembarcó en Sanlúcar, llevando el bordón y la calabaza de los peregrinos en cumplimiento de promesa, largó el hábito en Ciudad Real, un día que Golomón, armándose de un mono y un papagayo para ayudarse a revender baratijas de feriantes, le demostrara que pregonando novedades de Indias se ganaba lo suficiente, en dos jornadas propicias, para holgarse con vino y mozas durante una semana. El negro se desvive por catar la carne blanca que gusta de su buen rejo; el indiano, en cambio, pierde el tino cuando le pasa una lora por delante, de las que tienen la grupa sobrealzada como sillar de coro. Ahora, Golomón seca el mono con un pañuelo, mientras el papagayo se dispone a echar un sueño, posado en el aro de un tonel. Pide vino el indiano, y comienza a contar embustes al romero llamado Juan. Habla de una fuente de aguas milagrosas, donde los ancianos más encorvados y tullidos no hacen sino entrar, y al salirles la cabeza del agua se la ve cubierta de pelos lustrosos, las arrugas borradas, la salud devuelta, los huesos desentumecidos, y unos arrestos como para empreñar una armada de Amazonas. Habla del ámbar de Florida, de las estatuas de gigantes vistas por Francisco Pizarro en Puerto Viejo, y de las calaveras con dientes de tres dedos de gordo, que tenían una oreja sola, y ésa, en medio del colodrillo. Pero Juan el Romero, achispado por el vino bebido, dice a Juan el Indiano que tales portentos están ya muy rumiados por la gente que viene de Indias, hasta el extremo de que nadie cree ya en ellos. En Fuentes de la Eterna Juventud no confiaba nadie ya, como tampoco parecía fundamentarse en verdades el romance de la Arpía Americana que los ciegos vendían, por ahí, en pliego suelto. Lo que ahora interesaba era la ciudad de Manoa, en el Reino de los Omeguas, donde quedaba más oro por tomar que el que las flotas traían de la Nueva España y del Perú. Las comarcas que se extendían entre la Bogotá de los ensalmos, el Potosí —milagro mayor de la naturaleza— y las bocas del marañón, estaban colmadas de prodigios mucho mayores que los conocidos, con islas de perlas, tierras de Jauja, y aquel Paraíso Terrenal que el Gran Almirante afirmaba haber divisado en algún paraje —y todos le conocían ahora la carta escrita antaño al Rey Fernando— con su monte en forma de teta. Se hablaba de un alemán, muerto con el secreto de un reino donde las bacías de los barberos, las cazuelas y peroles, el calce de las carrozas, los candiles, eran de metal precioso. Seguían templándose las cajas para salir a nuevas empresas... Pero aquí corta Juan el Indiano el discurso de Juan el Romero, diciéndole que las conquistas a lo Pizarro, yéndose en armada, no eran ya lo que mejor aprovechaba. Lo que ahora pagaba en las Indias era el olfato aguzado, la brújula del entendimiento, el saltar por sobre los demás, sin reparar mucho en ordenanza de Reales Cédulas, reconvenciones de bachilleres, ni griterías de Obispos, allí donde la misma Inquisición tenía la mano blanda, calentándose más jícaras de chocolates en los braseros, que carne de herejes... Las cajas que acá se templaban no conducían a la riqueza. Las cajas que debían escucharse eran las que sonaban allá, pues eran las que llamaban a las nuevas entradas donde los hombres se hacían de haciendas portentosas, guerreando menos que antes y llevando médicos de una pasmosa ciencia en lo de pegar huesos rotos y curar mordeduras de alimañas con las propias plantas de los indios.

XI

Al día siguiente, luego de haber regalado las veneras de su esclavina a la moza con quien pasara la noche, toma Juan el Romero el camino de Sevilla, olvidándose del Camino de Santiago. Le sigue Juan el Indiano, tosiendo y garraspeando, pues se ha resfriado con el viento que baja de las sierras. Cuando tirita en el camastro de una venta, añora el calor que Doña Yolofa y Doña Mandinga llevaban dentro de la piel demasiado dura. Mira el cielo aneblado, rogando por el sol, pero le contesta la lluvia, cayendo sobre la meseta de piedras grises y piedras de azufre, donde las merinas mojadas se apretujan en el verdor de un ojo de agua, hundiendo las uñas en la greda. Golomón viene detrás, descalzo, con el mono y el papagayo arrebozados en la capa, embistiendo, con el sombrero pajizo, un aire que le hiela. En Valladolid los recibe el hedor de un brasero, donde queman la mujer de uno que fue consejero del Emperador, en cuya casa se reunían luteranos a oficiar. Acá todo huele a carne chamuscada, ardeduras de sambenito, parrilladas de herejes. De Holanda, de Francia, bajan los gritos de los emparedados, el llanto de las enterradas vivas, el tumulto de las degollinas, la acusación, en horribles vagidos, de los nonatos atravesados por el hierro en la matriz de sus madres. Unos dicen que empiezan tiempos nuevos, en la sangre y en las lágrimas; otros claman que roto el Sexto Sello, y pondráse el sol negro como un saco de silicio, y los reyes de la tierra, y los príncipes, y los ricos, y los capitanes, y los fuertes, y todo siervo y todo libre, se esconderán en las cuevas y los montes. Pero, más allá de Ciudad Real, algo cambia en las gentes. Poco hablan ya de lo que ocurre en Flandes, viviendo con los oídos atentos a Sevilla, por donde llegan noticias de hijos ausentes, del tío que mudó la herrería a Cartagena, del otro que tiene buena posada en Lima. Hay pueblos de donde han marchado familias enteras; canteros con sus oficiales, hidalgos pobres con el caballo y los criados. Juan el Indiano y Juan el Romero aligeran el paso, al ver alzarse la primera huerta de naranjos, entre el morado de las berenjenas y el cobre de los melones, burelados por un campo de sandías. Reaparecen las tabernas de vino blanco, las negras loras o de color de pera cocha, con las nalgas sobrealzadas como sillar de coro. En brisas de salmuera, de brea, de madera resinosa, ármase el aboroto de los puertos de embarque. Y cuando los Juanes llegan a la Casa de la Contratación, tienen ambos —con el negro que carga sus collares— tal facha de pícaros, que la Virgen de los Mareantes frunce el ceño al verlos arrodillarse ante su altar.

—Dejadlos, Señora —dice Santiago, hijo de Zebedeo y Salomé, pensando en las cien ciudades nuevas que debe a semejantes truhanes—. Dejadlos, que con ir allá me cumplen.

Y como Belcebú siempre se pasa de listo, he aquí que se disfraza de ciego, vistiendo andrajos, poniendo un gran sombrero negro sobre sus cuernos, y, viendo que ha dejado de llover en Burgos, se sube a un banco, en un callejón de la feria, y canta, bordoneando en la vihuela con sus larguísimas uñas:

¡Ánimo, pues, caballeros,
Ánimo, pobres hidalgos,
Miserables, buenas nuevas,
Albricias, todo cuitado!
¡Que el que quiere partirse,
A ver este nuevo pasmo,
Diez naves salen juntas,
De Sevilla este año...!

Arriba, es el Campo Estrellado, blanco de galaxias.

Guerra del tiempo es una recopilación de tres relatos que constituyen sendas variaciones sobre el
tema del tiempo y se publicó por primera vez en
1958. Junto con otros cuatro relatos, desde 1987,
está editado en «El Libro de Bolsillo» de Alianza
Editorial con el número 1293.